LES
SACRIFICES
DE L'AMOUR,

OU

LETTRES

DE

LA VICOMTESSE

DE SENANGES,

ET DU CHEVALIER

DE VERSENAY.

Vulnus alit venis, et cæco carpitur igni.

PREMIERE PARTIE.

A AMSTERDAM,
Et se trouve à PARIS,
Chez DELALAIN, Libraire, rue de la Comédie Françoise.

M. DCC. LXXI.

IDÉES
SUR LES ROMANS.

CE ne seroit peut-être pas une entreprise indigne d'un homme de goût, de jetter un coup d'œil sur les variations arrivées dans le genre de nos Romans, & de marquer, en suivant cette chaîne intéressante, les nuances du caractere national, les altérations qu'il a souffertes, les influences respectives des mœurs sur les écrits, des écrits sur les mœurs, les progrès, les révolutions & la décadence de notre galanterie.

Après ces siecles presque fabuleux d'héroïsme & de chevalerie, pendant lesquels l'amour étoit plutôt une extase religieuse, qu'un délire profane , & une superstition, qu'un sentiment, on verroit éclore ces volumineuses archives , où figurent des caracteres sans vraisemblance , où l'héroïne fait assaut d'esprit avec tout ce qui se présente , tandis que le héros, plus imbécille encore que valeureux , se croit obligé de conquérir quelques Provinces , avant de baiser la main de sa maîtresse.

En descendant vers ces tems où les hommes & les femmes se voient de plus près, se respectent moins , & s'abandonnent davantage , mais toujours sous le voile de la décence, dernier vestige de l'ancie le roman acquéreroit de la vie , de l'intérêt & de la vérité. On se reposeroit sur des intrigues moins compliquées ; on applaudiroit à la foi-

blesse aux prises avec la séduction ,
aux douleurs de la résistance , à l'i-
vresse de la défaite , sur-tout à ces
repentirs touchants , dont il eſt ſi
doux d'avoir à triompher.

Enfin arriveroient ces jours d'ai-
sance dans les mœurs , & de boule-
versement dans les principes , où
des hommes , élégamment vicieux ,
trompent & sont trompés , n'atta-
quent les femmes , que pour obtenir , s'ils le peuvent , le droit de les
mépriser , & sont en cela même plus
méprisables qu'elles ; où , je ne sais
quelle philosophie , en se jouant de
tout , tarit les sources du bonheur ,
& met un persifflage triste à la place
des vrais plaisirs.

C'est alors qu'il faudroit avoir
recours aux fastes des Hamilton ,

& sur-tout au code ingénieux du Philosophe charmant à qui nous devons le *Sopha*, les *Egaremens du cœur* & *Tanzaï*, de ce juste appréciateur du siecle, de ce Peintre profond de la frivolité, qui s'est ménagé des vues sur tous les boudoirs, qui semble y avoir surpris la volupté savante de la prude, les soupirs distraits de la coquette, & l'ivresse de ces Dames, qui ont au moins autant de promptitude dans les sensations, que de délicatesse dans les sentiments.

Ce rapprochement d'époques pourroit devenir curieux, & développer en partie l'histoire si imparfaite du cœur humain ; mais ce plan me méneroit trop loin, & seroit presque la matiere d'un ouvrage. Je me contenterai de quelques réflexions, semées sans ordre, sur le genre dans lequel je m'essaye aujourd'hui.

Nous avons une foule de Romans satyriques, légers, galants ou licencieux; mais qu'il en est peu où les mœurs soient peintes, & les passions en mouvement, où l'homme se retrouve tel qu'il est dans la nature!

Humiliés par la disette de ces tableaux intéressants & vastes, nous avons eu recours à nos voisins, plutôt par un goût de mode, que par un véritable attrait. Il est certain qu'ils l'emportent de beaucoup sur nous dans les peintures fortes; il y a dans le caractere des Anglois, je ne sais quelle seve énergique, qui se communique à leurs écrits. Les compositions sont *larges* & grandes, quand la liberté taille les pinceaux; & tel homme seroit tout dans une République, qui n'est rien ailleurs.

Les productions d'un **Citoyen de** Londres se ressentent quelquefois du travail des nerfs, incompatible avec les grâces ; mais, la convulsion passée, l'effet se développe & reste. Nos ouvrages sont pour la plûpart des especes de miniatures, où le *pointillé* domine. Qu'attendre de cet enfantillage élégant ? Il éteint l'imagination & glace la sensibilité. Pour arracher à la nature quelques-uns de ses secrets, il faut être nourri de méditations profondes, de re-cueillemens solitaires, de l'enthou-siasme du bien, & de cette mélan-colie, qui marque d'une empreinte auguste toutes les idées qui en éma-nent. Voilà ce qui distingue les Ecri-vains Anglois. Ils s'emparent des avenues, & en quelque sorte des abords de l'ame, pour arriver plus sûrement au centre : nous jouons sans cesse autour de la superficie : ils prennent la passion sur le fait , nous l'exprimons par réminiscence : ils exécutent d'après des physionomies distinctes & variées , nous esquissons d'après des masques qui se ressemblent.

On les a plusieurs fois accusés de s'appesantir sur les détails ; mais ces détails mêmes sont le secret du génie. Les Observateurs Britanniques ne négligent rien , quand il s'agit de l'étude de l'homme ; ils savent que le physique est le flambeau du moral ; la contraction d'un muscle leur donne la clef d'un sentiment. Un Anglois qui me regarde , me juge ; tel François me fréquente long-tems, sans me connoître. L'un a le coup d'œil profond , celui de l'autre est vague & indéterminé.

C'est du repos de l'ame, de l'esprit & des sens sur les différens objets, que naissent ces prétendues inutilités, dont les romans de nos voisins sont remplis; elles leur servent à préparer les grands effets, & à graduer les impressions : dans les nôtres, le Peintre paroît presque toujours, il veut être à la fois tous ses personnages. Ce n'est plus une action qui se passe, c'est une singerie qui me choque & m'attriste. A force de vouloir polir chaque partie, nous faisons un squelette de l'ensemble. Nous ressemblons à ces Artificiers ingénieux, qui dirigent savamment d'éblouissantes étincelles; l'Anglois est le Mineur consommé, qui fouille dans les entrailles de la terre, y exerce son art souterrain, & n'étonne qu'au moment de l'explosion.

Ce qui nous rend sur-tout très-ridicules, c'est la manie de paroître ce que nous ne sommes pas. Les Insulaires, dont nous nous croyons les émules, naissent penseurs; nous tâchons de le devenir; & lors même que nous y réussissons, l'effort se fait appercevoir *. C'est le cas de nous comparer aux nouveaux parvenus. La mal-adresse de leur faste fait deviner leur origine.

Dans le parallèle que je viens d'ébaucher, on trouvera, je crois, quelle est la cause de la supériorité des ro-

---

* Il est plusieurs exceptions en notre faveur ; mais elles ne détruisent pas mon sentiment, que je soumets d'ailleurs à des esprits plus éclairés. En France quelques particuliers donnent le ton ; en Angleterre, c'est la nation qui pense.

mans Anglois sur les nôtres. D'ailleurs ce genre est décrédité parmi
nous, par la foule des mauvais ouvrages qu'il a occasionnés. Ils sont ordi-
nairement le fruit d'une imagination
incontinente, d'une corruption qui
déborde & se répand. Le roman, tel
qu'il doit être conçu, est une des
plus belles productions de l'esprit
humain, parce qu'il en est une des
plus utiles : il l'emporte même sur
l'hiſtoire, ce qu'il ne seroit pas difficile de prouver.

L'histoire n'est le plus souvent
qu'un amas incohérent de vices sans
grandeur, de foiblesses sans intérêt ;
qu'une collection de faits, piquants
pour la curiosité seulement, & en
pure perte pour la morale. Le roman, quand il est bien fait, est pris
dans le système actuel de la société

où l'on vit; il est, osons le dire,
l'histoire usuelle, l'histoire utile,
celle du moment.

Mais qu'attendre encore une fois,
de la plûpart des Ecrivains, qui parmi nous déshonorent cette branche
de la littérature ? Ils composent des
romans, dans un âge où ils ne sont
pas même en état de lire ceux qu'on
a faits. O Fénelon ! ô Richardson !
vous n'êtes que des Romanciers, &
la postérité vous nomme à côté
des plus grands Poëtes !

Ces noms, en excitant l'admiration, réveillent des regrets, &
amenent une réflexion triste ; c'est
qu'il devient plus impossible de jour
en jour, qu'ils soient jamais rem-
placés.

Les ouvrages, qui laissent une
trace après eux, naissent presque

toujours dans ces tems de gloire &
d'émulation, où les esprits ont une
tendance générale vers les objets
agréables & instructifs; aujourd'hui
tout est mort, ou du moins tout
sommeille. La littérature n'offre plus
qu'un champ ravagé; on a détério-
ré jusqu'aux germes... Qu'êtes-vous
devenus, jours de l'enthousiasme,
beaux jours de cette effervescence,
productrice des belles actions & des
bons écrits! L'élan de l'ame expire
sous la combinaison. Une raison se-
che & mesquine étouffe l'instinct
de grandeur qui nous animoit. La
nation eut des hommes qui sentoient
ses forces; elle a des Sages qui les
calculent.....Elle est désenchantée.

Dans cette crise s'est pourtant
élevé un Ecrivain, qui a, pour ainsi
dire, exhalé dans ce siecle, les

derniers soupirs de la véritable élo-
quence. On va reconnoître, sans
que je le nomme, l'Auteur brûlant
de la *Nouvelle Héloïse.* Ce qu'il y a
de remarquable, c'est qu'il doit une
partie de sa célébrité au contraste de
ses ouvrages, avec le caractere actuel de la nation. Il a recommandé
l'égalité, la tempérance, la modération, la paix ; on l'a regardé comme
un homme à paradoxes, & on l'a décidé insociable, parce qu'il a dit à ses
contemporains : revenez à la nature,
soyez heureux. Il est même extraor-
dinaire qu'on le laisse aussi paisible,
& que ses ennemis lui permettent
d'arranger des plantes à un cinquie-
me étage, après l'audace qu'il af-
fecte d'être ici la satyre vivante des
mœurs, & d'apporter parmi nous le
scandale de la vertu.

Précédé dans la carriere par un tel concurrent, comment osé-je y paroître ? Je n'ai de commun avec lui que le sentiment de l'honnêteté.

Le but moral de mon ouvrage, est de prouver, d'un côté, qu'une femme qui aime, peut remplir tous les devoirs qui contrarient sa passion, & n'en être que plus intéressante ; de l'autre, qu'il n'y a point de sacrifice que cette femme ne puisse obtenir de l'homme le plus amoureux, s'il est vraiment digne d'être aimé.

J'ai tâché de distinguer autant qu'il m'a été possible, le style de mes différens personnages. Quand l'amante s'exprime comme l'amant, ni l'un ni l'autre n'attache. Les hommes, en écrivant, ont plus de vivacité, peut-être plus d'élan, les femmes
mes

mes plus de sensibilité, de mollesse
& d'abandon ; elles puisent tout
dans leur ame.

Je n'ai point chargé ces Lettres
d'incidens romanesques. J'ai mis en
jeu des caracteres & des passions.
La peinture des mœurs suffit à l'esprit, & tout est événement pour le
cœur. Que de nuances ! Que de révolutions ! Quelle instabilité dans
le même sentiment ! Malheur à
celui qui, pour écrire, en est toujours réduit à imaginer. Il parle
souvent une langue étrangere ; &
l'on est bientôt las de l'entendre.

Je ne me suis point astraint à faire
suivre les réponses. J'ai craint l'ordre fastidieux de cette marche. Je
n'aime pas plus les livres trop mé-
thodiques, que les jardins trop ali-
gnés. Quelquefois mon Héroïne

b

répond à une Lettre qu'on n'a point vue , & laisse sans réplique celle qu'on vient de lire. On se plaît à franchir les intermédiaires , surtout dans un sujet , où l'imagination peut si aisément y suppléer.

Je n'ai pas non plus coupé l'intérêt (quel qu'il soit) par ces Lettres épisodiques & fastueusement raisonnées , qui forcent le Lecteur à la discussion , quand il voudroit ne se livrer qu'au sentiment.

Ce que j'ose me promettre , c'est que si je ne trouve point grace devant quelques Critiques séveres, je serai consolé par ces juges plus indulgens , qui cherchent moins dans un ouvrage les graces de l'exécution , que l'esprit général qui l'a dicté.

Combien je m'applaudirai sur-

tout, si le mien peut exciter le dé-
chaînement de ces petits Aristar-
ques, si vains, si réjouissants, qui
ont toute la témérité de l'enfance &
tout l'orgueil de la médiocrité, qui
se croient appellés à retenir le goût
chancelant, & à maintenir dans
l'Europe une sorte de discipline
littéraire, qui, en méditant sur leurs
propres ouvrages, ont peine à concevoir,

Comment l'esprit humain peut aller jusque-là,

& dont quelques bonnes ames en-
couragent le ridicule, pour l'amu-
sement & le plaisir des gens rai-
sonnables.

ERRATA NÉCESSAIRE.

PREMIERE PARTIE.

PAGE 20, *ligne* 4, au lieu de sera disparue, *lisez* aura disparu.

Page 33, *lig.* 8, au lieu de un nom & vingt ans, *lis.* un nom & de la jeunesse.

Page 37, *lig.* 13, au lieu de une séduction qu'elle essuïoit, *lis.* qu'elle essaïoit.

Page 103, *lig.* 20, au lieu de vers mon Hôtel, *lis.* vers ma demeure.

Page 105, *lig.* 8, au lieu de sur une table de bois de violette, *lis.* sur une table garnie de corbeilles de fleurs.

Page 131, *lig. prem.* au lieu de la lettre du Chevalier, *lis.* la lettre du Marquis.

Page 140, *lig.* 3, au lieu de obligée, *lis.* indispensable.

Page 192, *lig.* 19, au lieu de mes atcions, *lis.* mes actions.

Page 213, *lig. prem.* au lieu de la brobité, *lis.* la probité.

Page 220, *lig.* 9, après que je me plais à l'être! mettez un point d'admiration!

Page 228, *lig.* 5, au lieu d'une victoire testée, *lis.* détestée.

Page 246, *lig.* 10, au lieu de je me punirois, *lis.* je me punirai.

Page 279, *lig.* 13, au lieu de moins douloureux, *lis.* moins sensible.

Page 293, *lig.* 17, au lieu de est un tort plus, *lis.* un tort de plus.

Gravelot inv.   A. j. Duclos sculp.

LETTRES

DE LA VICOMTESSE

DE SENANGES,

ET DU CHEVALIER

DE VERSENAI.

LETTRE I.

Le Chevalier, au Baron de ***.

QUE je vous porte envie , mon
cher Baron ! quoique vous soïez encore dans l'âge où l'on ne renonce à
rien ; vous avez quitté Paris , pour vivre dans vos Terres : vous préférez à
son tumulte la douceur d'une retraite

I. Partie.   A

philosophique & tranquille. C'est-là que votre ame s'éleve, qu'elle se fortifie contre les besoins factices qui désolent les sociétés. Car tout me prouve que l'homme social est puni par les goûts mêmes dont il avoit espéré ses plaisirs. Vous voilà hors de la tourmente. Vous n'avez point de liens, (j'en excepte ceux de l'amitié,) qui mettent votre repos à la merci des autres. Une fortune considérable ne vous rend dépendant des hommes que par le bien que vous aimez à leur faire. Vos vassaux sont heureux. Vous animez le travail : l'industrie naît de l'encouragement que vous lui donnez. La fertilité des campagnes est le luxe de votre domaine, & votre bonheur est, pour ainsi-dire, réfléchi dans tous les êtres qui vous environnent. Quelle riante perspective ! Mais plus mes vœux m'y portent, plus les circonstances m'en écartent. Le calme n'a jamais été si loin de moi.

Qu'allez-vous penser en lisant ma lettre! Est-ce là le ton de mon âge? Que voulez-vous? Mon style prend la teinte de mon ame : cette ame, si ardente, est triste, mélancolique, & n'en est pas moins agitée.

Il y a six ans que je suis entré dans le monde. L'ardeur de m'avancer, un goût vif pour le plaisir, l'effervescence de la jeunesse, une imagination brûlante, m'ont jusqu'ici répandu hors de moi. Dans l'âge où j'ai paru, tout plaît, tout enivre; les souvenirs du passé sont doux, le présent transporte; on voit l'avenir en beau; la tête fermente, le cœur s'allume, on vit dans un monde enchanté. Heureux tems où l'on jouit pour jouir encore, où les lueurs d'une raison momentanée ne montrent que les agrémens de la vie, sans en éclairer les écueils! mon ami, je sors des jardins d'Armide, le désert étoit au bout.

Ne croïez point encore une fois que

cet état soit de la langueur : c'est au contraire l'inquiétude vague d'une ame avertie d'un plaisir nouveau.

Je n'ai point à me plaindre de la fortune. J'ai un Régiment ; je plais à une des femmes de la Cour dont on vante le plus l'esprit & la figure : son crédit augmente de jour en jour ; ma position fait des jaloux & ne me rend point heureux. Vous l'avouerai-je? c'est cette même femme dont le zele m'a été si utile , & qui d'ailleurs posséde tous les charmes , toutes les séductions ; c'est elle en partie qui est la cause de mon chagrin. Vous l'avez rencontrée quelquefois : il est impossible de réunir plus d'avantages extérieurs & de moïens d'être aimable. Elle a pour plaire des secrets qui ne sont qu'à elle. Elle est belle , & l'on seroit tenté de l'en dispenser. Elle a tant de grace, que sa beauté lui devient presqu'inutile. Mais hélas ! tout cela n'est que la magie du moment. Le caractere est

celle de tous les jours ; le sien est léger, superficiel, altier. Sa tête la trompe sur les mouvements de son cœur :
Dieu sait ce qui résulte de ce faux
calcul. Elle est jalouse avec hauteur,
exigeante sans tendresse, capricieuse,
à un excès que je peindrois mal, & le
caprice est presque toujours chez les
femmes en proportion de leur froideur. Il est en elles, je l'imagine au
moins, une espece de révolte contre
la nature ; elles se vengent de n'être
pas sensibles, & nous punissent de ne
pas réussir à leur créer un cœur.

La Marquise d'Ercy joint à tous
ces défauts une ambition démésurée
qui la subordonne en quelque sorte à
toutes les variations du crédit. Son
ame, osons le dire, est gâtée par
l'intrigue, par ce besoin de briller,
le poison des vertus douces, des plaisirs vrais & de toute félicité.

Vous voïez que je ne l'aime plus,
puisque je la juge. De-là les idées

sombres qui s'emparent de moi. Je
lui ai les plus grandes obligations ,
& avec celles de son âge, vous savez qu'on ne s'acquitte que par l'a-
mour. De jour en jour le mien s'é-
teint ; mais il semble que ma reconnoissance augmente à mesure qu'il
diminue. D'après ce que je vous confie , je suis trop honnête pour n'être
pas très-malheureux. Je n'ai pas envi-
sagé un seul instant que , si je blesse
son amour propre , je m'expose à sa
vengeance ; je ne me souviens que de
ses bontés passées : elles laissent dans
mon ame des traces profondes. Je
pleure la perte d'une illusion qui me
voiloit ce qui me détache. J'aurois
voulu la garder , jusqu'au dernier
soupir , & pouvoir transformer toujours en vertus les défauts de ma bien-
faitrice.

Plaignez-moi , Baron , plaignez-
moi ; le mal est sans remede. J'aide
moi-même la fatalité qui m'entraîne

vers cette ingratitude que je me reproche. J'aime un autre objet. J'ai le
double tourment d'un amour qui expire & d'une passion qui va naître.
L'embarras de quitter une femme ,
la crainte de ne pas plaire à une autre , la satiété de tout ce qui n'est pas
elle , le combat des principes contre
les sentimens , voilà ce que j'éprouve,
ce qui me désespére ; & cette situation
est peut-être l'époque la plus intéressante de ma vie , par le dégré d'importance que j'attache au nouveau
penchant qui m'occupe. Vous connoissez celle qui en est l'objet. Que
dis-je ? Vous l'avez toujours estimée.
Je me rappelle avec délice les éloges que vous m'en faisiez autrefois.
Ils me sembloient outrés ; que je
les trouve foibles aujourd'hui ! Après
tout ce que je viens de dire, ai-je
besoin de vous nommer la Vicomtesse de Senanges ? C'est elle , oui ,
c'est elle qui va me fixer pour jamais.

Il y a deux mois environ, que je me trouvai chez la Princesse de * *. L'assemblée étoit nombreuse, en femmes surtout. Quelques-unes étoient jolies, toutes croyoient l'être, pas une ne me sembloit intéressante. On annonça Madame de Senanges. Comme j'en avois beaucoup entendu parler, & que je la rencontrois pour la premiere fois, je me félicitai en secret de l'occasion qui s'offroit de la connoître. A peine fût-elle entrée, les regards se tournerent vers elle, ceux des hommes pour l'admirer, ceux des Dames dans une autre intention. Après l'examen le plus curieux & le plus sérieusement prolongé, ne pouvant se dissimuler des charmes qui frappoient tous les yeux, elles ne furent plus maîtresses de leur dépit, & le laisserent éclater dans leurs propos, dans leurs gestes, leurs questions, leurs réponses ou l'affectation de leur silence. La Princesse elle-mê-

me qui n'est plus dans l'âge des prétentions, trouvoit que Madame de
Senanges étoit vraiment trop jolie ce
jour-là , & que l'on ne tombe pas ainsi
dans un cercle de femmes pour les
éclipser toutes , à l'heure qu'elles y
pensent le moins. Je m'apperçus de la
conjuration , & n'eus garde d'en être
complice. La conversation languis-
soit. Elle ne se réveilloit que par ces
tristes monosyllabes qui annoncent
l'ennui. Madame de Senanges commençoit à se déconcerter. Ses beaux
yeux erroient de toutes parts avec un
embarras qu'elle ne se donnoit pas la
peine de cacher ; elle sembloit im-
plorer une indulgence dont elle a
si peu besoin. Je vins à son secours ;
je mis l'entretien sur les événemens
qui occupoient alors la société. Je
n'oublierai jamais le regard qu'elle me
jetta , comme pour me remercier de
mon adresse. Son ame y étoit toute
entiere , & la modestie qui l'accom-

pagnoit, n'enlevoit rien à son expression : ce regard me perdit. Madame
de Senanges fut charmante tout le
tems de sa visite. Elle parla avec cette
négligence que vous lui connoissez,
& le son de sa voix pénétroit jusqu'à
mon cœur. Il lui échappa une foule de
traits spirituels que je fis valoir pour
les autres & que je recueillis pour moi.
Elle se vengea de ces dames en les faisant oublier, & ramena par sa gaîté
douce quelques-unes de celles qu'elle
avoit aigries par sa figure.

Après ce triomphe, auquel j'étois
ravi d'avoir contribué, elle sortit, & je
la suivis, par une de ces imprudences
dont on ne se rend pas compte, & que
j'ai regardée depuis comme l'indiscrétion d'un cœur qui ne m'appartenoit
déja plus.

Depuis ce moment l'image de Mad.
de Senanges me suivoit sans cesse.
La chercher au bal, au spectacle, n'y
regarder qu'elle, être toujours à son

passage, c'étoient-là mes seuls plaisirs. Plus de courses, de soupés ;
plus de ces tournées fatiguantes que
l'on nomme visites, & que je suis tenté
de nommer à présent un commerce
d'ennuis entre des esprits froids & des
cœurs désœuvrés.

Comme tout change aux yeux des
amants ! L'amour fait un univers
pour les ames qui sentent , & c'est
cet univers-là que j'habite. Au milieu
de la foule , je suis seul.

Six semaines s'étoient écoulées depuis notre premiere entrevue. Je ne
pouvois plus souffrir de ne la voir
que dans les lieux où tout le monde
va. J'abhorre les regards publics ; il
me semble qu'ils profanent ce que j'aime. Enfin j'appris que le vieux Duc * *
mon parent, alloit souvent chez elle,
& qu'il étoit depuis long-tems au nombre de ses plus intimes amis : je le priai
de m'y présenter. Il me promit d'en
parler, me tint parole, obtint ce que

je défirois avec tant d'ardeur, & m'y mena quelques jours après.

Voilà où j'en suis, mon cher Baron; je la vois deux ou trois fois par semaine. Que les autres jours sont tristes ! Je jouis de sa conversation, je m'enivre d'amour auprès d'elle. Je n'ai pas encore osé me découvrir. Rien ne perce dans mes discours : elle n'a pas l'air d'entendre mes regards ; mais je la vois, je suis heureux.

Je vous ouvre mon cœur, je vous expose sa situation, pénible d'un côté, inquiéte de l'autre. Je me jette dans les bras de l'amitié. Vous le savez, mon ami, je ne vous ai jamais rien caché. Pour prix de ma confiance, parlez-moi de Mad. de Senanges ; & sur-tout ne me conseillez jamais de renoncer à mon sentiment. Une autre grace que je vous demande, c'eſt de lui écrire & de.... Je ne sais ce que je dis ; mais vous êtes indulgent, n'eſt-ce pas ? & d'ailleurs les amants ne sont:

ïls pas des êtres privilégiés à qui l'on doit tout pardonner? Vous avez été lié, vous l'êtes encore avec Mad. de Sénanges, vous avez mille détails à me mander; tous sont intéressants pour moi.

Concevez-vous les bruits qu'on fait courir sur cette femme charmante? Est-il vrai qu'elle soit coquette? Est-il vrai.... Non, non. Je ne crois rien de ce dont on l'accuse. Les femmes supérieures sont enviées, calomniées : ne cherchez point à me désabuser. Je ne crois, Baron, qu'à mon amitié pour vous & à mon amour pour elle.

BILLET

Du Chevalier de Versenai, à Mad. de Senanges.

JE vous envoie, Madame, les anecdotes de la Cour de *** ; ce livre mérite votre attention. Les Héros d'une Cour galante & polie, seront sans doute de votre goût ; vous trouverez dans cet Ouvrage des amants vrais & des femmes sensibles ; vous ne croïez pas aux uns, vous craignez de ressembler aux autres. Puissiez-vous ne pas penser toujours de même !

LETTRE II.

Du Chevalier, à Mad. de Senanges.

A H ! vous avez beau dire ; vous avez beau condamner à l'amitié les hommes qui vous connoissent ; tous ne vous obéiront pas. Lorsqu'on réunit aux attraits qui enivrent, les qualités qui attachent, il faut s'attendre à un sentiment plus vif, sur-tout ne s'en pas *défier* : c'est votre terme favori, & il ne vous échappe pas une expression que mon cœur ne retienne. Que vos préjugés sont cruels ! qu'ils sont peu fondés ! sachez vous juger mieux ; ils seront bientôt évanouis.

Eh quoi ! Madame, si quelqu'un vous aimoit, comme vous méritez de l'être, quoi ! jamais l'excès, ni la vérité de sa passion ne pourroit vous inspirer de la confiance? Vous feriez

à l'amant le plus tendre l'injure de ne
lui croire que de l'adresse , & il faudroit, avant d'arriver à votre ame ,
qu'il dissipât tous les ombrages de
votre imagination ? N'importe.... Je
m'expose à tout , même à votre colere : c'est sur moi que doivent tomber vos soupçons ! Oui , mon sort
aujourd'hui dépend de vous ; & , quelqu'affreux qu'il puisse être , je suis
trop heureux qu'il en dépende. Si
cet aveu vous déplaît , il faut m'en
punir. Parlez - moi avec la naïveté de votre caractere ; désespérez-
moi sans pitié. Il me restera toujours
une consolation , celle d'idolâtrer un
objet charmant , de nourrir en silence
un sentiment que rien ne peut changer , & d'avoir à vous sacrifier tout le
bonheur de ma vie.

Du moment que je vous ai vue ,
Madame , j'ai senti le desir de vous
connoître ; je ne vous ai pas plutôt
connue,

connue, que toutes les autres femmes
ont disparu pour moi. Si vous condamnez mon amour, vous ne pourrez
attaquer les motifs qui l'ont fait naître.
Je ne vous parlerai point de vos agrémens personnels.... Eh ! qui en réunit plus que vous ?.. C'est votre ame
qui m'a décidé, & je m'estimerois bien
peu, si je savois résister à un charme
de cette nature.

Un autre, Madame, vous deman-
deroit pardon d'un pareil aveu ; moi,
je m'excuse de l'avoir différé. Tout
attachement vrai a des droits, sinon
au retour, du moins à l'indulgence de
celle qu'on aime ; & il n'y a que de petites ames qui rougissent d'avouer ce
qu'il est glorieux de sentir. Encore une
fois ne craignez point de m'affliger :
je m'attends à tout... Mais, de grace,
ne m'affligez que le moins qu'il sera
possible.... Je n'ai pas, je crois, besoin de signer, pour être reconnu.

B

LETTRE III.

De Mad. de Senanges au Chevalier.

Vous me demandez , Monsieur,
de ne vous affliger que le moins possible ; & vous m'affligez, vous ! quand
je le croyois mon ami , quand cette
idée faisoit mon bonheur, il n'est...
N'importe ! je vous rends justice ;
vous êtes honnête, sans doute, & plus
qu'un autre : mais l'amour ne m'en fait
pas moins une peur affreuse : eh !
comment ne lui pas préférer l'amitié ?
Son charme est pur , il ne doit rien
à l'illusion , ne tient point au caprice ;
l'estime en forme les liens , le tems les
resserre , jamais aucun remord n'en
trouble la douceur ; car enfin on ne
nous permet pas d'aimer, à nous autres femmes ; l'usage n'a point détruit
le préjugé ; il subsiste dans nos cœurs,
malgré l'exemple : peut-être fort à

plaindre , lorsque nous lui sacrifions notre penchant, sûrement méprisées , alors qu'il nous entraîne , nous sommes condamnées à être coupables ou infortunées. Voilà le sort des femmes, & on les croit heureuses ! Elles qu'on attaque si souvent par air, qu'on soumet sans reconnoissance , qu'on calomnie si légerement ! Elles qui ont à craindre, en aimant , non-seulement l'inconstance, l'indiscrétion d'un seul, mais encore, le blâme de tous ! Croyez pourtant que je sais faire des différences, & que j'apprécie tout ce que vous valez. Ma défiance n'est pas désobligeante ; elle ne roule que sur un seul article : je serois bien fâchée de la perdre, fût-elle injuste. Je sens qu'elle est nécessaire. Réfléchissez-y, votre âge , vos liaisons , les circonstances où je me trouve , tout devoit vous défendre un sentiment pour moi; tout sembloit, au moins , vous en interdire l'aveu.

LETTRE IV.

Du Chevalier à Mad. de Senanges.

Eh bien! Madame, je vais donc mè faire une étude de dissiper, au moins, vos préventions; &, quand votre défiance sera disparue, vous conviendrez, qu'elle n'étoit pas l'ennemi le plus cruel que j'eusse à combattre.

Quoi qu'il en soit, je ne me repens pas que mon secret me soit échappé. L'aveu que je vous ai fait a été une jouissance pour mon cœur; il me donne au moins des droits à votre amitié, & tout sentiment qui part de votre ame, doit faire les délices de la mienne. J'ai connu quelques femmes: presque toutes aimoient mieux inspirer des desirs que de l'amour. Vous seul avez rempli l'idée que je me suis faite de l'être avec qui je voudrois passer ma vie; vous seule avez tout;

& il semble que , dans vous , les graces
aïent pris plaisir à parer la vertu. Combien je veux vous aimer ! combien,
hélas! je voudrois vous plaire ! Je veux,
au moins, que vous disiez un jour :
pourquoi n'ai-je pu m'attacher à lui ?
Peut-être il eût fait mon bonheur , &
j'étois sûre de faire le sien.

LETTRE V.

Du Chevalier à Mad. de Senanges.

Si vos beaux yeux se sont ouverts trop tôt, refermez-les. La répétition du nouvel Opéra-Comique n'a point lieu. Les Acteurs sont malades, les rôles ne sont point sçus, l'Auteur jure, moi, je me désespere, & vous, Madame, vous allez vous r'endormir. Ne me sera-t-il point permis de vous faire ma cour, dans la journée? Vous partez, pour huit jours! Quels siécles! Votre société a pour moi un charme inexprimable, & je n'envisage qu'avec le plus vif regret les momens de votre absence. Si vous pouviez lire au fond de mon cœur, & savoir à quel point il vous est dévoué, vous me pardonneriez des sentimens aussi purs que l'ame céleste, à qui j'en dois l'hommage; ils feront mon mal-

heur , sans doute ; mais il est impossible que vous m'en fassiez des crimes.
Que de choses , à propos d'une répétition d'Opéra-comique ! . . . Je ne sais
plus ce que je dis ; je ne sais trop ce
que je deviendrai : mais ce que je sais
à merveille , c'est que je ne cesserai
jamais de vous aimer.

LETTRE VI.

De Mad. de Senanges, au Chevalier.

Du Château de......

JE méne ici une vie bien sage. Je me couche de bonne heure, je joue peu, je m'enferme pour lire, nous avons beaucoup de monde; nous avons, hélas! un certain Monsieur, dont je vous ai parlé; il est plus métaphysique que jamais; il disserte, à tort & à travers, tant que la journée dure. Je l'écoute, quand je peux : je le comprends rarement. Je ne le contrarie point, sa poitrine est plus forte que la mienne; il prend ma foiblesse pour de la docilité, il est assez content de moi. La position du lieu que j'habite est fort agréable, surtout celle d'un pavillon délicieux, que la riviere borde, & où nous allons prendre l'air, comme s'il ne faisoit pas froid. Malgré tout cela , je reviendrai à Paris avec plaisir. Les printems ne sont plus que des hivers prolongés. Mille graces des trois lettres que vous m'avez écrites.

A propos , la Duchesse de * * * , dont le Château est voisin de la maison où je suis , est venue nous voir hier : elle nous a amené les personnes qui étoient chez elle. La Marquise d'Ercy avec qui, dit-on, vous êtes extrêmement bien , en étoit. L'entretien est tombé sur vous ; vous devez être content, Monsieur, très-content de l'intérêt avec lequel elle en a parlé. J'ai cru vous plaire , en ne vous le laissant pas ignorer. Il y a toute apparence que vous obtiendrez la place qu'elle sollicite pour vous à la Cour. Je vous en fais mon compliment , ainsi que de votre constance : elle augmente la bonne opinion que j'avois de cette dame , & l'estime que j'ai pour vous.

LETTRE VII.

Du Chevalier, à Mad. de Senanges.

SI j'étois *extrêmement bien* avec la Marquise d'Ercy, comme vous avez l'air de le croire, Madame, je n'aurois point risqué, près de vous, un aveu qui ne pouvoit échapper qu'à l'amour le plus tendre, & le plus résolu à tous les sacrifices. Je ne vous dissimulerai point le goût très-vif que j'ai eu pour elle : vous n'ignorez pas, non plus, les services qu'elle m'a rendus. Le goût est passé, il ne reste que la reconnoissance, & votre cœur n'est point fait pour désapprouver ce qui honore le mien. Croïez, Madame, que mon ame étoit libre, quand j'ai osé vous l'offrir. C'est maintenant qu'elle est enchaînée, & qu'elle l'est pour toujours. Qu'ils étoient foibles, les nœuds qui m'ont retenu jusqu'ici! que je les ai rompus avec joie! Je finirai par haïr tout ce qui n'est point vous. Que ne suis-je assez heureux, pour que vous m'imposiez des loix! Avec quelle promptitude & quel transport vous seriez obéie! mais hélas, vous ne m'ordonnez rien ; & c'est froidement que vous soupçonnez un cœur, où vous sûtes allumer une passion, dont jaime jusqu'aux tourments. Il est pur, ce cœur, puisqu'il est à vous ; il est digne de recevoir votre image, votre image adorée, qui éclipse tout, à laquelle rien ne peut se mêler, & qu'on profaneroit, en la comparant. Je vous idolâtre. Jamais sympathie plus douce, ni plus forte, n'a emporté un être vers un autre. Au comble du malheur, vous me verrez chérir le lien qui m'aura déchiré, me complaire dans mes larmes, & vous offrir ce douloureux hommage, le seul peut-être que vous voudrez accepter.... De grace, fermez l'oreille aux propos,

aux conjectures du Public ; elles seront fausses , toutes les fois qu'elles
attaqueront mon honnêteté. Détestez
avec moi les mœurs d'un monde per-
sécuteur & malin, où la vertu est toujours jugée désavantageusement , parce que c'est toujours la corruption qui
la juge. . . . Vous êtes mon ame , ma
vie , mon univers. Je pourrois être
bien plus aimable; mais il m'est impossible d'aimer mieux. Encore un coup,
disposez de moi , servez-vous de votre
empire ; ayez des volontés , des ca-
prices même ; je mettrai mon bonheur
à les satisfaire. Un billet de deux lignes , un regard , un mot de vous
m'éleve au comble de la félicité ; &
si vous m'enlevez tout , jusqu'à l'espoir
de vous fléchir , au moins ne m'ôterez-
vous jamais cette mélancolie douce &
voluptueuse , qui naît d'un mal dont
on adore la cause.

LETTRE VIII.

Du Baron au Chevalier.

QUAND votre ame souffre , mon cher Chevalier , vous avez raison de l'épancher dans la mienne. Quoique l'expérience m'ait agguéri contre de certaines foiblesses , je connois les larmes qu'elles coûtent , je plains les maux qui en résultent. Je hais ces Philosophes chagrins qui croient s'approcher de la perfection , à mesure qu'ils s'endurcissent; je pense , moi, qu'ils s'en éloignent par cette cruelle apathie , cet égoïsme révoltant , qui brise les liens de la société & en détruit tous les rapports.

J'ai tourné , en tout sens , dans le tourbillon où vous êtes : je connois le tourment d'être pressé entre une double intrigue ; d'obéir , tantôt à son cœur , tantôt au procédé qui le con-

trarie, d'avoir à filer une rupture, une
intrigue à nouer, deux amours propres de femmes à mener de front. C'est
à force d'avoir éprouvé le mal-aise qui
naît de ces combats, la satiété des
jouissances, la crise des infidélités,
que j'ai appellé la raison à mon secours. Je me suis lassé d'être esclave,
j'ai voulu être homme, je le suis, &
je ne datte, pour m'en arroger le titre,
que, du moment où j'en ai resaisi les
priviléges.

Je me compare à un voyageur, qui,
après avoir erré long-tems dans le
creux d'une vallée aride & brûlante,
respireroit enfin l'air frais & libre des
montagnes.

Mon pauvre Chevalier, vous êtes
encore au fond de la vallée; je vous
domine, & c'est pour vous être utile.
L'œil de l'amitié vous suit dans ce dé-
dale où le fil échappe, à chaque instant. Si elle n'éclaire pas toujours, elle
console, au moins. Mes yeux sont ou-

verts ; j'ai arraché le bandeau qui les couvroit ; mais je le reprends pour essuier les larmes de mon ami.

Souvenez-vous de la conversation que j'eus avec vous , quand je vis naître votre liaison avec la Marquise d'Ercy : j'ai prévu ce qui vous arrive. Elle a un rang à la Cour , des *entours* brillans , une figure qu'on cite , un crédit qu'elle a prouvé; en un mot , comme vous dites vous autres, elle est sur le *grand trottoir.* Tout cela étoit fait pour déranger une jeune tête. A votre âge, on est plus vain que sensible ; on se livre à ce qui flatte; on est amusé, le premier mois; languissant , le second ; ennuié , le troisieme , & l'on finit par briser avec scandale l'idole qu'on s'étoit faite par vanité.

Le moyen que vous pûssiez aimer long-tems une femme absorbée dans les calculs de l'intrigue,les incertitudes des projets, & qui remplit les vuides de l'ambition par le manége de la coquetterie ! La Marquise d'Ercy est ce qu'on appelle une *femme d'affaires.* C'est, dans ce siécle surtout, que s'est multipliée cette espece d'intriguantes, qui ont leur cabinet d'étude, ainsi que leur boudoir ; qui raisonnent, décident, se jettent à corps perdu dans la politique, & rêvent *essentiellement,* en faisant des nœuds, aux abus de l'administration.

Où vous-êtes-vous embarqué, mon cher Chevalier ! Quelle maîtresse vous aviez choisie ! Je vous blâme de l'avoir prise, & non de la quitter. Vous vous exagérez votre ingratitude. A Dieu ne plaise que je vous conseille un procédé même équivoque ! Mais, croiez-moi, la reconnoissance ne condamne pas aux angoisses d'une éternelle fidélité. L'amour est une maniere de s'acquitter qui s'use trop vîte. L'indépendance de ce sentiment le rend incompatible avec le joug des bienfaits. La Marquise d'Ercy vous a fait avoir un

Régiment,

Régiment , procuré une existence
à la Cour ; elle vous a prôné , pré-
senté partout : vous lui êtes redevable
de quelques démarches; fort bien, jus-
ques-là ! mais elle vous a pris , affiché,
tourmenté ; vous avez apporté dans
cette liaison, une figure charmante ,
de l'esprit , un nom , & vingt ans.
Vous voilà quitte. Enfin , tout en ad-
mirant des scrupules qui ne peuvent
naître que dans une ame délicate, je ne
veux point que vous soiez victime d'un
excès d'héroïsme. Votre ame est noble,
honnête, sensible, mais elle est neuve ,
ardente & foible ; on peut la corrompre , & la Marquife d'Ercy en est très-
capable : je crains l'influence de son
caractère sur le vôtre ; je crains que son
élégance perverse ne vous gagne; &, dût-
elle être premier Ministre & vous prendre pour Adjoint, je dois vous arracher,
s'il est possible , à ses dangereux artifi-
ces. Il n'y a point de principe dont une
femme adroite ne vienne à bout.

I. Partie.   C

Qu'il est souverain , l'être enchanteur & perfide , qui abuse des momens
sacrés de la jouis ance & du bonheur,
pour inviter au vice qu'il rend aimable,
& endort la vertu , aux accens même
de la volupté !

Venons à Madame de Senanges :
oui, sans doute , je la connois, c'est
vous dire que je l'estime. Son amitié
pour moi est un des souvenirs doux &
purs qui me suivent dans ma solitude.
Vous me demandez des détails; je consens à vous en donner ; viendront après
les conseils que je vous dois , autant
pour elle que pour vous ; car vous
m'intéressez l'un & l'autre , au même
dégré : ne vous impatientez pas , lisez
ma lettre avec attention , & surtout,
faites-en votre profit.

Madame de Senanges est fille du
Marquis de * * * , Militaire distingué,
qui, resté veuf de bonne-heure , s'ap-
pliqua tout entier au soin de son édu-
cation ; il l'aimoit avec tendresse ,

mais il ne consulta pas assez son goût,
dans l'établissement qu'il lui fit faire.
Il fut séduit par le rang du Vicomte
de Senanges, combattit fortement la
répugnance de sa fille, témoigna le
desir de la vaincre, & malheureuse-
ment y réussit. Il ne prévoyoit point
les suites funestes d'une pareille union,
les larmes qu'elle alloit coûter, les
maux trop certains qui naîtroient
de ces nœuds mal-assortis; il en fut
la premiere victime. Il se reprocha
bientôt l'infortune de sa fille, dé-
testa l'abus de son autorité, & mou-
rut de chagrin, deux ans après le ma-
riage qu'il avoit souhaité si ardemment. Puisse-t-il servir d'exemple à
ces peres cruels ou inconsidérés, qui,
armés de leurs droits, forcent l'incli-
nation de leurs filles, les traînent aux
Autels comme des esclaves, justifient,
d'avance, tous les désordres où elles
se plongent, & dont ils sont les premiers artisans !

La fille du Marquis n'avoit pas qua-
torze ans , quand elle épousa M. de Senanges , qui en avoit déja cinquante-
cinq. Comme il passe la moitié de sa
vie dans son Gouvernement, vous n'a-
vez peut-être pas eu l'occasion de le
voir , & de le connoître.

C'est un homme d'une taille ex-
traordinaire. Sa figure est imposante
& dure , son ton impérieux & brus-
que ; quand il prie , on diroit qu'il
commande. Le peu d'attention qu'il a
toujours mis dans le choix de ses
maîtresses , a fortifié en lui le mépris
raisonné qu'il a pour les femmes ; il
croit bonnement que la vertu est
étrangere à ce sexe , & qu'avec lui il
faut être dupe ou tyran. Ce systême
atroce , joint au penchant naturel ,
a développé dans son cœur la jalousie
la plus injuste dans son principe , la
plus affreuse dans ses effets. Je ne
vous peindrai point toutes les scènes
horribles qu'elle a occasionnées , &

dont Madame de Senanges m'a fait le
récit. Peignez-vous une jeune femme
honnête & timide , au pouvoir d'un
vieux Despote , qui la méprise & ne
l'envisage jamais qu'avec ces yeux
dont on effraie les coupables qu'on
cherche à pénétrer. Il ne lui échap-
poit pas un mot qui ne fût mal in-
terprêté , un regard qui ne fût sus-
pect ; son silence étoit le recueillement
d'une ame qui veut tromper. Parloit-
elle ? c'étoit une séduction qu'elle es-
suyoit, & dont elle vouloit s'armer
contre lui. Le barbare ! il tyrannisoit
jusqu'à son sommeil , il veilloit , à côté
d'elle , avec la pâle inquiétude du
soupçon , pour tâcher de surprendre,
dans ses rêves , quelques sentiments
cachés , qui pûssent servir à sa rage
de prétexte ou d'aliment.

Telle fût sa vie de sept années :
pendant cet intervalle , elle n'a pas
cessé d'être un modéle de douceur,
de décence , de modération. On la

privoit même de ses larmes ; tout re-
tomboit & pesoit sur son cœur. N'importe. Elle se défendoit jusqu'au murmure ; elle croyoit, à force de bons
procédés, adoucir le tigre auquel elle
étoit unie. Vain espoir ! il acquéroit
un dégré de fureur à chaque vertu
nouvelle qu'il découvroit dans sa charmante compagne.

Lasse enfin d'être maltraitée, avi-
lie, épiée dans les heures même de
son repos, elle se réfugia dans la maison de M. de Valois son oncle, chez
lequel elle loge encore aujourd'hui.
C'est de-là qu'elle implora, & qu'elle
obtint, une séparation, à laquelle M.
de Senanges consentit, je ne sais par
quels motifs. Elle lui proposa d'aller
dans un Couvent, ou de rester chez
le respectable M. de Valois. Il lui permit le dernier azyle, & lui assura une
pension assez modique, qu'elle accep-
ta avec transport, comme le gage de
sa liberté.

Depuis cette époque , Senanges a presque toujours vécu dans son Gouvernement ; mais il fait , de tems-en-tems , à Paris , quelques voyages secrets , pour observer les démarches de sa femme , & s'enivrer sans qu'elle le sache , du plaisir de la voir ; car ce forcené aime ! il est puni de sa jalousie, par les fureurs de son amour ; on m'a même assuré , qu'il brûle de se réconcilier avec elle. Quel étrange contraste dans le cœur de l'homme !

Telle est , mon ami , la position actuelle de la femme que vous aimez , & à laquelle, si j'ai quelques droits sur votre cœur, vous allez renoncer pour toujours ; oui , pour toujours.

Vous êtes jeune ; un goût vif peut avoir , à vos yeux , tous les caracteres d'une passion , la tromper , vous tromper vous-même , vous perdre tous deux ; & puis , n'allez pas vous mettre dans la tête , que vous ayez entrepris une conquête facile. Madame de Se-

nanges est agguérie contre l'amour ,
par tout ce qu'elle a souffert , & par
ses propres réflexions. Elle fut trop
long-tems assujettie , pour ne pas
trouver le bonheur , dans le charme de
l'indépendance. Les horribles liens ,
qu'elle a traînés sept ans , ont laissé
dans son ame une impression de crainte , qui l'avertit de n'en plus prendre
de nouveaux ; elle respire , elle est libre, elle est heureuse.

A ses yeux, les choses les plus indifférentes deviennent des plaisirs. Les
spectacles qu'elle embellit , les fêtes
qu'elle anime , les hommages qu'elle
attire , tout lui plaît , tout l'enchante.
Elle aime mieux être amusée qu'atten-
drie , distraite qu'intéressée. Durant
sa longue servitude, son ame ne s'est
point aigrie , elle s'est armée. Une
coquetterie d'instinct plus que de projet , la sauve de sa sensibilité qui seroit
extrême , ou plutôt , cette coquetterie
n'est qu'une sensibilité déguisée, qui

n'osant se concentrer sur un seul, se répand sur différents objets, & devient flatteuse pour plusieurs, sans être dangereuse pour elle.

Une femme tendre ne jouit que de son amour : celle qui n'aime point, rencontre un trophée, à chaque pas ; elle est plus *en valeur*, parce qu'elle est moins préoccupée, elle jouit de tout, & ne risque rien. Le cœur est bien défendu, tant qu'il reste sous la garde de l'amour propre.

Ne pensez pas, au reste, que l'ame de Madame de Senanges se borne à ces frivoles amusemens. Elle lui rend, d'un côté, ce qu'elle lui enleve de l'autre. La bienfaisance, qui est devenue sa passion favorite, lui fournit sans cesse des plaisirs aussi purs que la source dont ils émanent. L'ostentation ne se mêle jamais au desir qu'elle a d'être utile ; elle fait le bien, par la seule impulsion de sa nature, & préfére son approbation secrette à l'orgueil d'être louée par la multitude.

Tel est , mon ami , l'être estimable dont vous croyez troubler le repos , & renverser les résolutions. Cessez de vous livrer à des idées aussi folles que présomptueuses ; vous échouerez , je vous en avertis ; vous êtes aimable , séduisant , amoureux peut-être ; vos agrémens , vos graces , votre amour , tout cela ne pourra vous servir auprès de Madame de Senanges. C'est une ame honnête , éprouvée par le malheur , & qui n'est heureuse que par l'oubli délicieux & profond des goûts qui vous étourdissent , ou , si vous l'aimez mieux , des sentiments qui vous occupent.

Ainsi, je vous conseille de n'y plus songer , d'après la certitude où je suis, que vous ne réussirez pas , & je vous le conseillerois davantage encore , si je pouvois croire à votre succès. Ne vous pressez point de crier au paradoxe.

Quels reproches affreux , éternels

& mérités, ne vous feriez-vous pas, si, après l'avoir rendue sensible, vous cessiez, un jour, de l'être? Qui, vous, vous Chevalier, vous pourriez porter le trouble dans un cœur paisible, arracher au bonheur une femme respectable, qui fut malheureuse si long-tems, la séduire, pour la perdre, l'exposer à toutes les horreurs d'un abandon qui seroit suivi de sa mort, & ne pourroit être expié que par la vôtre !

Mais ne perçons point dans un avenir si triste. Dans ce moment-ci, êtes-vous libre ? Croyez-vous que Madame d'Ercy vous laisse aller sans éclat, & que son orgueil compromis ne reclame point le cœur qui lui échappe ? Je suppose que Madame de Senanges vous écoute. Dans quel labyrinthe vous jettez-vous ? Je connois votre facilité ; les cris de la Marquise vous en imposeront, vous serez rappellé par le souvenir de ses bienfaits prétendus, vous

voudrez conserver celle que vous n'aimez pas, vous tromperez celle que
vous aimez; vous serez faux, malhon-
nête, & malheureux.

Je romprai, tout-à-fait, avec la
Marquise, m'allez-vous dire : vous le
promettrez & ne le tiendrez pas; vous
vous récriez, je vous crois.

Vous voilà le plus tendre, le plus
fidéle des amans. Mad. de Senanges
n'en sera pas moins la plus infortunée
des femmes. L'œil perçant & jaloux
de son mari éclairera vos démarches,
dévoilera vos secrets, saisira l'occasion d'une vengeance juridique ; &
vous pleurerez, en larmes de sang, la
perte de votre maîtresse, son déshonneur, & l'inutilité des conseils de
votre ami.

Armez-vous de fermeté. Plus vous
aimez Madame de Senanges, plus
vous devez la fuir : c'est un effort
digne de vous, & dont vous vous
applaudirez un jour. Je ne veux point

que la femme qui m'est la plus chere, soit malheureuse par l'homme que j'aime le plus. Voyez-là moins, attendez que votre amour se change en amitié, & vous jouirez alors, avec délices, d'un sentiment d'autant plus flatteur, qu'il sera le prix d'un triomphe pénible, & le garant d'un cœur courageux. Je vous embrasse.

LETTRE IX.

Du Chevalier au Baron.

IL n'est plus tems, Baron, mon secret m'est échappé. J'aimois, je l'ai dit, & j'aime davantage. Ecartez la triste lumiere de l'expérience. Je me plais dans mon aveuglement, dans mon délire; la raison n'y peut rien. Sûr d'être malheureux, sûr de l'être toujours, je n'en serois pas moins affermi dans mon sentiment; que dis-je? Il n'y a de vrais malheurs à craindre, que, quand l'amour est foible. L'excès de la passion fait tout supporter; la mienne ne connoît ni conseils, ni frein. Je ne sais si les pressentimens de mon cœur me trompent; mais l'avenir ne m'effraie pas. Quoi que vous disiez, Madame de Senanges peut devenir sensible. Si jamais!... Ah!

Dieu! avec cet espoir, il n'est rien que
je ne surmonte. Cher Baron, j'ai besoin d'une ame où je puisse déposer
mes peines, mes plaisirs, mes craintes & mes espérances. J'ai choisi la
vôtre, & j'ai bien choisi. Je vous dirai
tout, ne me plaignez pas, j'aime trop,
pour ne pas mériter l'envie. L'amour,
au dégré où je le ressens, est la perfection de l'humanité.

Quelle est belle, Madame de Senanges! Quelle ame! Je ne puis prononcer son nom, sans une émotion,
un trouble, un frémissement universel. Ce nom répond à mon cœur. Ah!
Baron, votre calme ne vaut pas mon
désordre; je le préfére à tout, & si l'on
m'offroit une suite de longs jours pai-
sibles & serains, ou un seul de bonheur, c'est-à-dire, un seul où je serois
aimé, je n'aurois plus qu'un jour à
vivre.

LETTRE X.

De la Marquise d'Ercy, au Chevalier.
Du Château de * * *.

Sçavez-vous bien, Chevalier, que vous devenez un homme insoutenable? D'honneur, je suis fort mécontente de vous. Voilà quinze jours que je suis ici, & que vous restez, vous, dans votre ennuyeux Paris, comme si rien ne vous rappelloit ailleurs. Mais je n'ai garde de vous en faire des reproches. Les querelles m'excédent, les bouderies sont *misérables*. Venez, quand vous voudrez, & ne croyez pas que je fasse résonner les échos des tendres regrets de votre absence. Je ne suis pas bergere, comme vous savez, & si je l'étois, j'aurois toute la coquetterie qu'on peut avoir au village. L'univers est ici. La Duchesse y donne des fêtes continuelles; toutes

les

les femmes y sont *arrangées* , il n'y a
que moi , qu'on abandonne impitoya-
blement , & qui ai le courage d'en
rire. . . . Nous avons la Présidente ,
qui joue l'agnès , baisse les yeux ,
rougit tant qu'elle veut. Ce qu'il
y a de singulier , c'est qu'avec cette
pudeur & cette petite décontenan-
ce naïve, elle change d'amants tous
les jours. Hier à soupé , on lui deman-
da une chanson, il fallut la prier pendant des siécles ; elle fit toutes ses mi-
nes , se cacha sous sa serviette , dé-
ploya ses grâces enfantines, & finit par
nous chanter , avec toute l'ingénuité
convenable , les paroles les plus scan-
daleuses du monde. La Baronne de ***
nous est arrivée, il y a quelques jours,
escortée de son éternel époux , qui a
l'air de rouler , quand il marche , &
qui, quand il a fait , tout en roulant ,
le tour du parterre, se récrie sur l'uti-
lité de l'exercice , & le plaisir de vivre
à la campagne! Oh ! la bonne histoire

I. Partie.   D

que j'ai à vous conter ! Le lendemain
de leur arrivée, on chassa le sanglier.
Poursuivi , de toutes parts, & , près
d'être forcé par les chiens , il s'élança
dans l'enceinte destinée aux caléches
des dames , & vint heurter , sans ménagement , celle où se trouvoit la Baronne. Elle jetta des cris *exécrables* ,
s'évanouit ou en fit semblant , & se
permit toutes les simagrées d'une
frayeur , dont personne ne fut la dupe.
Mais ce n'est pas là le plus plaisant.
Le soir , quand on fut rassemblé dans
le sallon , tandis que les parties se
disposoient , le gros Baron s'avisa
de s'approcher d'elle , comme elle
avoit le dos tourné. Ne voilà-t-il
pas que l'insupportable créature renouvelle la scène du matin , & s'imagine qu'elle voit encore le sanglier ?
Nous avions beau lui dire, que c'étoit
son mari ; elle s'obstinoit toujours à
le prendre pour la grosse bête ; & je
vous avouerai , moi , qu'au fond du

cœur, je lui savois quelque gré de la méprise. Pour comble d'infortunes, il
nous est tombé sur les bras une *maniere*
de petit Seigneur, qui pense être profond, parce qu'il n'a jamais pu devenir
léger : cet homme a la manie des vers ;
il croit aux siens, l'infortuné fait de la
prose sans le savoir ! il vous débite d'un
ton de Législateur, les grands principes de la séduction, méprise les femmes, & tranche du philosophe.

J'oubliois un descendant du Pasteur
Céladon, qui a son teint, sa fadeur, &
s'efforce d'avoir son ame. Il brûle res-
pectueusement pour des divinités sub-
alternes, dont il est fier de baiser la
main. Son culte est divertissant : il se
croit le sacrificateur, lorsqu'il est la
victime. Quand il parle, on sourit de
pitié, & il se figure que c'est du plaisir
de l'entendre : toujours content de lui,
rarement des autres, il les persifle, il
s'en flatte du moins ; on s'apperçoit
qu'il le voudroit, on le lui *rend*... Il ne
s'en doute pas ; plus simple, il auroit

peut-être de l'esprit; mais il ne seroit pas si amusant.

Voilà, Chevalier, le tableau vrai des originaux qui me réjouissent ici; mais ce coup-d'œil superficiel & rapide ne m'empêche pas de songer aux graves objets qui m'occupent. Je fais mes dépêches, tous les matins, & je remue l'Etat, du fond de mon cabinet de toilette. J'ai des intelligences dans tous les Bureaux; il n'y a point de Ministre qui ne connoisse mon écriture; point de Commis qui ne la respecte. Je propose des idées, on les contrarie; je les discute, elles passent; &, en demandant toujours, j'obtiens quelquefois même ce que je n'ai pas demandé.

Nous attendons M. de * * * , vous connoissez l'influence qu'il a sur les affaires. Je dois avoir un *travail* avec lui, & vous n'y serez point oublié. Mais, vous êtes charmant! tandis que je me tourmente pour vous être utile, vous êtes, vous, d'une sécurité que j'admire ! Réveillez-vous, s'il vous

plaît : d'honneur vous avez une délicatesse ridicule, une probité *cruel-
lement* gothique ? Pour moi , je n'estime pas assez mon siécle , pour prendre tant de mesures avec lui. Jettez,
un moment , les yeux sur le tableau
de la société : vous verrez que l'intérêt personnel est tout , & vos principes gigantesques , rien. On est in-
triguant, ambitieux, exclusif; on n'a
point de ces consciences timorées ,
qui vous arrêtent à moitié chemin , &
vous empêchent d'aller au grand. De
la philosophie, Chevalier , de la philosophie ! Elle étend les idées hors
des limites vulgaires , léve ces scrupules meurtriers qui retardent la marche , anéantissent les ressources , &
vous mettent un homme à cent pieds
sous terre. Devant elle , les préjugés
disparaissent , ainsi que toutes ces pé-
tites vertus de convention auxquelles
on ne croit plus. Vous ne sçavez donc
pas , que , dans ce siécle de lumiéres ,

on a renouvellé la morale ? Soïez de votre tems : dans le naufrage public, saisissez votre débris, comme un autre ; regardez encore une fois, & vous rougirez d'être timide. Que de médiocres usurpent les places qui appartiennent au génie ! Que de nains sur des piédestaux ! Entrez dans la carriere, ne fut-ce que par indignation, & pour enlever à la sottise ce qui n'est dû qu'à l'esprit & aux talens. La fureur me gagne... Je me tue à vous prêcher, & vous n'en profitez pas. Vous êtes *désespérant !* Tâchez de quitter votre Paris, & de venir nous voir. J'ai trop d'amour propre, pour vous croire infidele, & trop de franchise, pour vous répondre de ne pas l'être, si vous vous conduisez toujours avec cette nonchalance. Faites vos réflexions, & ne me laissez pas le tems de faire les miennes ; je suis terrible, quand je réfléchis.

A propos, nous avons été dernié-

rement faire une visite, au Château
de * * *, il y avoit quelques femmes,
qui ne valent pas la peine d'être ci-
tées, si ce n'est pourtant la Vicomtesse de Senanges. Les hommes que
nous avions menés en raffoloient jusqu'au scandale ; ils prétendent, qu'elle
est de la plus jolie figure du monde ;
je n'ai point vu cela. Ils soutiennent,
que, dans la conversation, il lui est
échappé une foule de traits spirituels ;
je n'en ai rien entendu. Il se peut,
qu'à la rigueur, cette femme ait, dans
sa personne, quelques détails assez
passables ; mais, je ne puis me faire
à son ensemble ; il est gauche, à
faire horreur ! & je parie qu'elle croit
avoir des graces ; on devroit bien la
désabuser. Chargez-vous de ce soin,
Chevalier, si vous la rencontrez
jamais. . . . . La rencontrez-vous ?
Non ; j'imagine qu'elle va fort peu, elle
n'est point *présentée*, & je ne crois pas
qu'elle prétende à l'être : c'est ce qu'on

appelle une existence fort équivoque.
Informez-vous-en, je vous prie ; & , si
vous trouvez quelqu'occasion de l'hu‑
milier ; pour l'amour de moi, ne la lais‑
sez point échapper , il faut faire justice.
Adieu.

LETTRE XI.

De Mad. de Senanges au Chevalier.

Je suis fidele à ma parole ; la voilà, Monsieur, cette heureuse Madame de Lambert, qui avoit de la raison sans effort, & qui en conseille à son sexe ! Lisez-la, mais lisez-la bien ; & vous verrez, si les femmes doivent aimer, si les hommes méritent de l'être, le grand nombre, du moins ? Je sais qu'il y a des exceptions ; le danger seroit de les appliquer ; & Madame Lambert, par exemple, n'eût pas approuvé cela. Quelle ame elle avoit reçue de la nature ! Rien ne lui coûtoit sûrement. Je l'ai lue, avant de me coucher, quoique je vous eusse promis de n'en rien faire. Je ne sais point mentir ; oui, je l'ai lue, & peut-être que je ferois bien de la garder.

LETTRE XII.

De Mad. de Senanges au Chevalier.

JE rentre dans le moment, Monsieur,
plus fatiguée, qu'amusée de tout ce
que j'ai fait aujourd'hui. Je me suis
levée presque de bonne heure; jai dîné
au couvent, soupé à la campagne;
puis un triste Wist ! & un Partenaire
qui étoit méchant, mais bien méchant!
je joue mal, moi; je suis distraite, &
ce Monsieur n'entend pas cela, il dit
qu'il faut songer à son jeu; il faisoit un
bruit, un vacarme ! il comptoit toutes
mes fautes ; oh ! il avoit de l'ouvrage.
Cet homme est sévere ; je vous en
réponds. J'ai pourtant respecté son
âge, autant que si j'étois née à Lacé-
démone ; car il est vieux comme le
tems, & triste, comme celui d'aujour-
d'hui. Enfin, me voilà, & je reçois
votre billet ; c'est parler de choses plus

agréables. Je suis bien au-dessous de
vos louanges, & cependant, il est des
instans où je trouve qu'elles m'égalent
à tout, non, par l'opinion que j'ai de
moi, uniquement par celle que j'ai de
mon Panégyriste. Ces instans d'a-
mour propre sont courts; la réflexion
me raméne au vrai. Vous êtes honnête, indulgent, peut-être prévenu;
& votre suffrage, tout précieux qu'il
m'est, ne m'empêche pas de sentir ce
qui me manque. Oui, je me rends justice, & j'y ai du mérite. Il est difficile
de se défendre des éloges, quand c'est
vous qui les donnez.

LETTRE XIII.

Du Chevalier à Mad. de Senanges.

JE reçois votre lettre qui m'annonce
que je ne pourrai pas vous voir aujourd'hui. Il ne me reste donc que le
plaisir de causer avec vous ; & j'y con-
sacre ma soirée.

Je la tiens enfin cette Madame Lambert si vantée, cette pédante éternelle,
qui érige l'indifférence en dogme, qui
ne sentant rien , voudroit anéantir le
sentiment dans les autres ; qui crie
contre l'amour, parce qu'elle ne l'ins-
piroit pas , & nous prêche *la raison*,
parce qu'apparemment on n'en vouloit point à la sienne ! Vous ne l'aurez de long-tems , votre Régente
d'insensibilité. J'en brûlerai, tous les
jours , un feuillet, en l'honneur du Dieu
qu'elle a si maltraité , & que vous ab-
jurez pour elle. A quel propos cette

femme - là s'est - elle avisée d'écrire ?
que je lui en veux ! Je ne suis plus éton-
né de la sévérité de votre morale, de la
cruauté de vos principes ; c'est de ceux
de Mad. Lambert, que votre cœur est
armé ; & toutes les nuits hélas ! vous
mettiez vos armes sous votre chevet,
pour effaroucher sans doute jusqu'aux
rêves qui pouvoient vous retracer les
délices du sentiment. Mais que dis je ?
je serois trop heureux, fi vous ne de-
viez vos forces qu'à une lecture, dont,
à la longue, on pourroit détruire l'impression ? Votre ame n'a besoin que d'elle-même, quand elle
s'agguérit contre moi. Les Moralis-
tes ont beau dire ; la nature n'a donné aux femmes que ce qu'il faut de
courage, pour résister quelque tems ;
elles n'en ont jamais assez, pour se
vaincre tout-à-fait, lorsqu'elles chéris-
sent le penchant qu'elles ont à combattre. Si vous étiez sensible, je vous ren-
drois votre volume, & je ne le crain-

drois pas. J'en suis trop sûr, votre raison n'est que de l'indifférence.... Je ne
prononce pas ce mot, sans découvrir
toute l'étendue de mon infortune. Je
vous le répète, Madame ; vous êtes
l'objet unique & sacré des affections de
mon ame. Je ne puis respirer, penser,
agir que par vous ; il ne vous échappe
pas un regard qui n'aille à mon cœur,
pas une parole qui ne s'y grave, pas
une volonté qui ne devienne la plus
douce des loix pour mon amour. Oui,
sans doute ; oui, je tiendrai ma promesse ; je serai, tout ce que vous voulez que je sois, c'est-à-dire, bien malheureux. Ma passion a trop de délicatesse, pour que les transports qu'elle
fait naître ne conservent pas le même
caractère. Les privations de mon cœur
sont des jouissances pour le vôtre ; je
me les impose toutes ; & je serai payé
des efforts cruels de l'obéissance, par
le plaisir d'avoir obéi. Après cela,
Madame, me refuserez-vous ce que

vous m'avez , sinon promis , du moins
fait espérer. Je me jette à vos genoux ;
accordez-moi cette faveur , bien précieuse , il est vrai , mais dont je suis
peut-être moins indigne , par la valeur
que j'y attache.

Rien n'est égal , à l'agitation que
j'éprouve ; & je vous avouerai qu'il
se mêle à mes allarmes le plaisir le
plus vif que j'aie jamais senti , celui
de me savoir susceptible de cette
même passion , qui me réduira peut-
être au désespoir. Ne rebutez point
l'expression d'un attachement aussi
vrai. Avant que vos beaux yeux soient
fermés par le sommeil , reposez-
les , avec quelqu'intérêt, sur ma lettre,
quelque longue qu'elle puisse vous
paroître. Interrogez votre ame , laissez - y pénétrer la voix du plus tendre amour ; qu'il veille dans votre
cœur , tandis que vous dormirez ;
qu'il en chasse , s'il est possible , la
crainte , la défiance , tous les mons-

tres enfin qui le gardent , l'assiégent ;
& m'empêchent d'en approcher.

Demain , Madame , que devenez-
vous ? & que deviendrai-je ? Je ne puis
finir ma lettre.... Que de tems écou-
lé sans vous voir ! La tête me tourne.
Ayez pitié de moi , & pardonnez le désordre de mes sentimens en faveur de
leur vivacité.

LETTRE XIV.

Du Chevalier à Mad. de Senanges.

QUELLE lettre, & quel charmant procédé ! Vous saviez que votre absence m'alloit faire passer un jour bien triste, vous avez trouvé le moyen de l'embellir, du moins de me le rendre supportable. Voilà de ces miracles qui n'appartiennent qu'aux ames délicates. Plus je lis dans la vôtre, plus j'y trouve de perfections qui échappent malgré vous au voile de la modestie, & donnent bien de l'orgueil à celui qui sait les découvrir. Votre cœur s'est ouvert à moi : vous m'avez marqué de la confiance.... Tout mon amour est payé.

Je pense comme M. de Valois : une femme ne peut être heureuse, sans l'estime des autres, sans la paix du cœur & la pratique de ses devoirs. Mais un

I. Partie.   E.

attachement honnête n'exclud ni le repos, ni la considération, ni l'amour
des bienséances ; il suppose même
tout cela, puisqu'il ne va jamais sans la
vertu. Telle est ma morale, & sûrement la vôtre. Votre raison vous la
déguise, mais ne la détruit pas. Oui,
croyez-le, Madame, l'instinct confus
d'une ame sensible, est plus puissant
sur la conduite, que toutes les réflexions. On applaudit à cette importune raison, qu'on ne suit pas. On
blâme ce que le cœur veut, & on
l'exécute.

Voilà ce qui arrive à tout le monde,
& ce qui ne vous arrivera point ; hélas !
j'en suis bien sûr. N'importe ; aujour-
d'hui je ne me plains de rien : vous
avez sçu me rendre heureux, en dépit
de votre absence. Je n'ai jamais mieux
éprouvé de quel prix vous seriez pour
celui qui parviendroit.... Ah ! ne me
parlez plus de raison, un seul de vos
regards détruit tous les conseils que
vous donnez.

LETTRE XV.

De Mad. de Senanges au Chevalier.

Vous m'avez promis , Monsieur ,
que vous songeriez à faire les démarches nécessaires pour la place de... Me
tiendrez-vous parole ? Votre négligence sur vos intérêts m'afflige. Vous ne
vous montrez point assez à la Cour ;
& l'on ne réussit dans ce pays-là , que
par la constance & l'importunité. Les
Protecteurs s'y endorment bien vite,
quand on n'a pas le soin de les réveiller ; & souvent les amis de la veille n'y
sont plus ceux du lendemain. Vous
avez des concurrents dangereux , non
par la solidité de leurs prétentions ;
mais par la chaleur de leurs démarches ; la médiocrité est toujours acti-
ve, le mérite toujours paresseux. Irons-
nous voir la Piéce nouvelle ? La joue-
ra-t-on demain ? Aurez-vous la bonté

de vous en informer ? Bon. Une
chose importante , une misere ensuite , voilà les femmes ! Comme
les contraires se succédent dans leur
tête ! Quelquefois des *manieres* de
Philosophes ; d'autres fois des en-
fans. Tour-à-tour, solides, inconsé-
quentes , légeres & réfléchies ! De la
justesse par instinct , de la franchise
par caractère , de la dissimulation par
principes ; frivoles , parce qu'elles sont
mal élevées ; ignorantes, parce qu'on
ne leur apprend rien ; foibles en apparence, & plus courageuses que vous
dans les grandes occasions ; très-por-
tées à s'instruire , quoiqu'on ne leur
tienne compte que de leurs grâces ;
tantôt sacrifiant le plaisir à l'étude ;
& puis, passant d'une lecture grave,
à l'arrangement d'un pompon ! N'est-
ce pas ainsi, qu'elles sont faites ? A
qui la faute ? Mais si malgré tous nos
défauts, les hommes sont à nos pieds ;
s'ils sont rachetés, ces défauts, par de

grandes vertus ; si la science est douteuse , & le sentiment sûr, nous n'avons rien à vous envier , ni rien à regretter. Enfin , dites-en ce qu'il vous plaira. Plus de régularité dans les détails ne formeroit peut-être pas des ensembles aussi piquans, ne fut-ce que par les contrastes. Quelle lettre ! comme elle vous ennuiera ! Je n'aime point à moraliser , & je ne sais pourquoi je m'en avise. Vous m'avez trouvée aujourd'hui bien sérieuse. . . Hélas ! oui , je l'étois. . . Adieu Monsieur.

E iij

LETTRE XVI.

Du Chevalier à Mad. de Senanges.

OSEROIS-JE vous demander , Madame , pourquoi vous dites tant de mal des femmes ? Il est singulier que j'aie à les défendre contre vous. Je leur trouve , moi , une philosophie charmante , une prudence à toute épreuve; du calme dans le cœur... Tant de courage pour combattre ce qu'elles inspirent ! Ah ! que notre raison est folle ! & que leur folie est sensée ! Elles jouent avec les passions qui nous tourmentent , nous font croire tout ce qu'elles veulent , ne veulent rien croire de nous , & nous désespèrent en attendant qu'elles nous oublient. Nous avons juré tous deux de faire des portraits , mais il falloit bien que je défendisse les femmes. Vous prouvez qu'il en est de parfaites.

Allons, Madame, je ferai quelques démarches, puisque vous l'exigez ; je serois coupable, en ne vous obéissant pas. Dieu ! qu'il me sera doux de me dire : Je n'agis que par ses ordres ; si je désire les honneurs, c'est pour les mettre à ses pieds ; elle épure mon amour propre en le subordonnant à mon amour !

Oui, tout ce qui n'est pas vous me devient étranger. Qu'est-ce, hélas ! que la gloire, quand le cœur est vuide, isolé par l'orgueil, & qu'on ne jouit point de cette gloire, dans le sein d'un objet aimé ? L'ambition n'est que le dédommagement des êtres froids. N'ayant ni vertus qui les invitent à se recueillir, ni sentimens qui les y forcent, il leur faut des erreurs qui les jettent au-dehors, & les enlevent à eux.

Je suis bien reconnoissant de l'intérêt que vous daignez prendre à moi ; puisque l'amitié, fait penser & écrire avec tant de délica-

tesse , il faut encore la remercier ;
ne point se plaindre , & adorer l'ame
généreuse qui renferme tous les sentimens , hors celui qui en est la perfection.

LETTRE XVII.

De Mad. de Senanges, au Chevalier.

VOUS défendez si bien les femmes, que je ne puis me refuser à vous en marquer ma reconnoissance. *Que notre raison est folle*, dites-vous ! *& que leur folie est sensée !* le magnifique éloge ! Il peint à merveille la modestie de votre sexe ; j'observerai cependant, si vous le voulez bien, que ces hommes si vantés brillent plus par le raisonnement que par la raison. Ils analysent ce que nous pratiquons ; ils ont imaginé des loix assez injustes, & nous les jugeons, même en nous y soumettant ; ils sont nos esclaves ou nos tyrans, & nous leurs amies ; ils ont trouvé plus commode d'être des despotes que des modéles, & de commander à nous qu'à leurs passions. Enfin ces êtres foibles, (je parle comme eux ,) qu'ils déchirent , qu'ils trompent, qu'ils dédaignent, qu'ils adorent, l'emportent sur leurs maîtres , par cet attrait, supérieur au pouvoir. Oui, tout usurpé qu'est le leur, nous ne daignons pas briser nos chaînes , nous avons & le courage , & peut-être l'orgueil de les porter. Qu'ils s'en fassent un triomphe , régner sur nous-mêmes , voilà le nôtre. Régner sur soi ! Ah ! que cela est bien dit , & qu'on seroit heureuse d'y régner toujours ! Que je plains les personnes , dont les combats ne font, souvent, qu'accroître ce qu'elles voudroient détruire ! Ah ! plaignez-les avec moi , Monsieur ! L'objet qui plaît , quelque vrai , quelqu'honnête qu'il soit , n'en est pas moins susceptible de changer. Plus son amour est vif , & plus on doit craindre qu'il ne s'affoiblisse , si c'est un des malheurs de l'humanité , de se lasser du bien qu'on a le plus fortement desiré, s'il n'a plus les

mêmes charmes aux yeux de celui
qui le posséde; si... Eh ! mon Dieu,
que de si ! Je ne voulois que mettre
les femmes au-dessus des hommes ;
où cette fantaisie m'a-t-elle conduite ?

LETTRE XVIII.

Du Chevalier à Mad. de Senanges.

Eh ! de quoi les hommes sont-ils coupables ? Je ne les défendrai pas tous. Mais, s'il en est un, un seul, qui, en commençant d'aimer, se soit juré d'aimer toujours, qui souffre avec une sorte de volupté, plutôt que de déplaire à ce qu'il aime, ne m'avouerez-vous point que celui-là mérite une exception ? Eh bien, Madame, il existe, & vous n'êtes pas, sans doute, à vous en appercevoir. Mais, hélas ! vous voyez tout, & n'êtes sensible à rien... J'entends de ce qui tient à l'amour. *Régner sur vous-même*, voilà le triomphe qui vous flatte ! Pourquoi donc cette guerre affligeante du préjugé contre le bonheur ? L'amour le plus vif, dites-vous, peut s'affoiblir. Ah ! ce n'est

pas quand on vous aime. Il seroit impossible avec vous d'échapper à la séduction, & que la constance ne de-
vint pas la source des plus grands plaisirs. Pour moi, Madame, je m'abandonne à vous ; vous ferez le sort de
ma vie. Je ne raisonne point , je
sens vivement ; je vous aime avec excès, je ne vous vois jamais sans vous
aimer davantage ; & je préfere les
tourments que vous me donnez , au
bonheur que je tiendrois d'une autre.

LETTRE XIX.

De Mad. de Senanges au Chevalier.

Vous voulez aller en Angleterre ;
vous voulez me quitter ! Combien
mon amitié est plus tendre que votre
amour! Combien je le hais, cet amour!
Il rend injuste & même cruel ; n'est-ce
pas l'être, que de vouloir priver ses
amis de soi ? Ah ! si vous ne m'aviez
pas souhaité aujourd'hui l'état le plus
obscur, que j'aurois mauvaise opinion
de vous ! Mais vous l'avez si délicate-
ment motivé ce souhait, il peint si
bien votre ame, que la mienne est
partagée entre la reconnoissance la
plus vraie, & une colere toute aussi
juste contre cette *fantaisie anglaise*
qui vous a pris, hier, dites-vous.
Hier ! eh ! pourquoi ? parce que je vois
des gens sur lesquels il me semble que
le public ne sauroit avoir d'idées. Je

ne vous en expliquerai pas la raison ;
je ne m'en rends pas compte, je
m'étourdis sur beaucoup de choses.
Ah ! je ne cours pas encore assez.
Vous parliez tantôt d'obscurité, oui,
souvent, elle est un bien. Sommes-
nous heureuses ? nos démarches sont
éclairées ; & si nous voulions ne vivre
que pour un seul objet, le pourrions-
nous ? De tristes visites, d'ennuyeux
& grands soupers, des parties de plaisir, où l'on n'en a point, qui ne satis-
font point l'ame, qui y laissent un
vuide affreux ; voilà le bonheur des
femmes, voilà ce dont on les croit
toutes enivrées. Heureuses quand cette
vie dissipée suffit à leur cœur ! quand
elles la mènent par goût, & non par
système, non pour se préserver d'un
attachement dont elles craignent l'excès, les peines, les remords ou la pu-
blicité !

N'ai-je pas le malheur d'aller à * * *

je n'ai pas osé refuser ; j'ai craint ;
j'ai réfléchi , j'ai dit oui ; & vous
croirez que cet arrangement m'enchante. Eh ! bien , tant mieux , croiez-
le..... Bon soir , Monsieur...

LETTRE XX.

LETTRE XX.

Du Chevalier à Mad. de Senanges.

AH ! Madame , que je suis heureux ! . . . Voici la premiere faveur
que je reçois de vous ; mais elle
est bien douce , bien sentie. Quoi !
je vous inspire quelqu'intérêt ? Quoi !
mon éloignement seroit douloureux
à votre amitié ! . . . . Je ne songe
plus au voyage de Londres. Moi ,
vous quitter & mettre les mers entre
nous , moi , qui ne peux souffrir d'être
séparé de vous , pendant un jour seulement , qui voudrois vivre à vos
pieds , qui mourrois cent fois dans
votre absence ! Je cherchois une femme qui pût me fixer , je l'ai trouvée ;
je ne desire plus rien. Le seul reproche
que j'aie à vous faire , c'est d'attirer
trop les yeux. Oui , oui , je le répéte , je voudrois que vous fussiez
moins brillante , j'aurois moins d'al-

I. Partie.   F

larmes , parce que votre ame, cette
ame si belle , vous appartiendroit
davantage ; je n'auroispas à vous disputer à tous les vœux , à tous les
hommages , aux distractions de toute espéce. L'éclat des charmes nuit
quelquefois à la solidité des sentimens. L'amour-propre amuse , dé-
dommage de la perte des vrais plaisirs , de ceux dont la source est dans
le cœur , de ceux qui sont faits pour
vous. Mais quel triste dédommagement ! Que parlez-vous de craintes,
de remords ? Que craint-on , quand on
est belle & adorée ? . . . Quels remords peuvent naître d'un penchant
délicat , honnête & vrai ? Votre ame
s'effarouche trop aisément. Si vous aimiez jamais , vous seriez heureuse ,
vous le seriez toujours.

Pour moi , je suis au comble de mes
vœux ; votre lettre m'a enivré de joie,
& le ravissement où elle m'a laissé, nuit
à l'expression de ma reconnoissance.

LETTRE XXI.

De Mad. de Senanges au Chevalier.

Je ne suis plus surprise , Monsieur , que vous m'aiez quittée tantôt si brus- quement , ni que vous vous soyez re- fusé au desir que j'avois de passer avec vous le reste de la soirée ; non, rien à présent ne sauroit m'étonner. Des en- gagemens plus anciens , plus chers , les seuls peut-être qui vous intéres- sent, vous appelloient ailleurs; & moi, qui en ignorois la force, je voulois. . . Je croyois. . . Je ne veux , je ne crois plus rien. J'ai appris bien des choses , dans la maison où j'ai soupé : on a par- lé de votre constance ,& ce seroit une vertu, si, le cœur rempli d'un objet, vous n'aviez pas cherché à troubler la tranquillité d'un autre. Quand je di- sois du mal des hommes , si vous sa- viez quelle distance je mettois entr'eux

& vous ! je me trompois ! Je ne
l'aurois jamais imaginé. Que m'iui-
porte après tout ?... Ah ! que je
suis heureuse de ne connoître que
l'amitié !

LETTRE XXII.
Du Baron à Mad. de Senanges.

S I je vous écris rarement, ma belle amie, c'est par discrétion, bien plus que par négligence. Qu'auroit à vous mander un solitaire qui cultive ses champs, & ne sait plus trop comment va ce monde-ci ? Mais, tout rustique que je vous parois, croiez que je songe à vous, & toujours avec attendrissement. On peut perdre de vue les personnes qui ne sont que jolies ; on n'oublie jamais celles qui sont aimables, vous êtes l'un & l'autre ; je me le rappelle à merveille, & le solitaire se laisse, de tems-en-tems, gagner, par les souvenirs de l'homme du monde. Je mêle votre idée à l'image d'une matinée bien fraîche, d'un jour serein, en un mot, à tous les objets rians que me présentent les scènes va-

riées de la campagne. Vous êtes toujours pour quelque chose dans la foule
des beautés qui me sont offertes par la
nature.

Les éloges d'un habitant de la campagne sont simples comme elle. Eh
bien! ils n'en sont peut-être que plus
piquants pour vous. L'odeur qui s'exhale des prairies, vaut mieux que ces
parfums composés & vaporeux, qui
enivrent les sens, les accablent & fi-
nissent par les émousser.

Le bon M. de Vallois me donne de
tems-en-tems de vos nouvelles; je
sais par lui que vous êtes toujours
libre, toujours raisonnable, c'est-à-
dire, toujours heureuse. Ah! con-
servez long-tems, n'abandonnez jamais ce système d'indépendance, que
vous devez à vos malheurs, autant
qu'à vos réflexions. Ne vous laissez
point séduire aux hommages, ils mas-
quent des perfidies. Jouissez de votre
beauté, respirez l'encens; mais prenez

garde qu'il ne vous entête. Avec la
sensibilité que je vous connois , vous
seriez perdue , si vous cessiez d'être
indifférente. Je ne suis point un pé-
dant qui pérore en faveur des préjugés ; je suis l'ami le plus tendre , &
c'est votre cause que je plaide.

Croyez-moi , j'observe dans le silence des passions & des petits intérêts qu'elles multiplient; j'observe bien.
Votre position , la trempe de votre
ame , celle même de votre esprit , tout
vous défend de vous lier. Vos chaînes
seroient légeres d'abord, leur poids
se feroit sentir avec le tems.

Au reste , qu'est-il besoin de vous
armer contre l'amour ? Les hommes ,
tels qu'ils sont aujourd'hui , font votre
sûreté bien plus que mes conseils , &
peut-être que vos principes. Quels
hommes ! quelle race dégénérée ! comme ils sont vains , inconsidérés , orgueilleux sans élévation , cruels sans
énergie ! Ils ne tiennent pas même au

caractère de la nation, par cette effervescence de courage, qu'autrefois il
falloit réprimer, & qu'envain voudroit-
t-on aiguillonner aujourd'hui. Ils ne
font plus, dans le feu de la jeunesse,
de ces fautes brillantes qui promettent
des vertus pour l'âge mûr. Leur ame
s'endort dans le vice, se réveille dans
le découragement, & se corrompt,
tout-à fait, par l'exemple. Le moyen,
de rencontrer, dans ce tourbillon méprisable, un être qui soit
digne du titre d'amant, qui sache es-
timer ce qu'il aime, & s'enflammer
pour ce qu'il estime ! Mais, si, par
hazard, il s'en trouvoit un, qui eût
sauvé son ame de la contagion, qui
attachât les regards par le mélange
des agrémens & des qualités.... Ah!
défiez-vous surtout de celui-là : c'est
le sentiment que je crains pour vous ;
l'homme qui peut en inspirer le
plus, est celui dont vous devez vous
garder davantage. Dans l'amant le plus

honnête, la chaleur de la passion, sa
vérité même n'en garantit point la
durée. La différence que je fais de lui
aux autres, c'est qu'il pleure son illusion, c'est qu'il regrette ce qu'il
abandonne, c'est qu'il aime encore,
même en le quittant, l'objet qui ne
l'enivre plus. Eh! qu'est-ce qu'un procédé, pour une ame vertueuse, dont
la vie est l'amour, & qui s'est liée par
ses sacrifices ? Que font les larmes
d'un ingrat qui n'essuie pas celles qu'il
fait couler ? Que signifie une commi-
sération stérile pour une femme qu'on
rend malheureuse, après l'avoir accoutumée à une sorte d'idolâtrie, au
délire du sentiment, & à l'orgueil
de n'avoir point de rivales !

Ce tableau n'est que trop fidéle, &
je suis sûr de l'impression qu'il fera sur
vous. C'est dans les cœurs, tels que
le vôtre, que l'amour s'approfondit,
& fait ses plus affreux ravages; il glisse
sur les ames corrompues. Les femmes

aiment , à proportion de leur honnêteté combien ce que je dis est mena-
çant pour vous!

Croyez-moi , nous ne valons pas
les risques d'un attachement. D'ailleurs , la nature n'est , nulle part , si
contrariante , que dans ce qui regarde
l'union des deux sexes ; les hommes
aiment mieux , avant ; les femmes ,
après ; comment voulez-vous que
tout cela s'accorde ? Amusez-vous ;
faites les délices de la société, & domi-
nez fans jamais vons laiffer dominer
vous-même. Adieu , ma belle amie ,
vous avez éprouvé des malheurs nécessaires & forcés , n'en ayez point
qui soient de votre choix : ce sont
les seuls pour lesquels il n'y ait pas
de consolation.

BILLET

Du Chevalier à Mad. de Senanges.

J'AI passé chez vous , hier , dans l'espoir de vous faire ma cour ; on m'a dit que vous étiez sortie : il m'a semblé pourtant que la voiture du Marquis * * * , étoit à votre porte. C'est , sans doute , une méprise de vos gens ; que je leur en veux ! Ils m'ont privé du plaisir de vous voir ; j'espere que je serai plus heureux aujourd'hui.

Autre Billet du Chevalier.

VOILA huit jours de suite , que je me présente à votre porte , sans pouvoir vous rencontrer, tandis que le Marquis. Pardonnez à mon trouble..... O Ciel ! quel avenir j'envisage ! .. Pourriez-vous ? .... Mais , non. ... Cependant vous me fuyez ! vous ne répondez pas même à mes lettres.... Quelle froideur ! quel dédain ! l'ai-je mérité ?...

Autre Billet du Chevalier.

J'OUBLIE, un moment, toute mon infortune, pour ne m'occuper que de vos intérêts. Apprenez, Madame, les bruits qui courent & qui m'indignent. On dit que le Marquis... Je mourrai avant de le croire ; mais le public, cet inexorable public !... Imposez-lui silence, ménagez votre gloire, &, s'il le faut, ajoutez à mon malheur. Le Marquis !.. il auroit su vous plaire ! lui ! vous ignorez peut-être.... Ah ! connoissez-le tout entier ; voici une lettre qu'il a écrite, il y a quelques mois, & dont lui-même a donné des copies ; ainsi je ne le trahis point. Vous y verrez l'opinion qu'il a des femmes, vous verrez son systême de scélératesse avec elles, vous verrez enfin s'il devoit même vous approcher.

Copie de la Lettre du Marquis * * *,
au Chevalier de * *.

Es-tu fou , Chevalier , avec tes
sermons , que tu qualifies de conseils,
& ton intolérance sur tout ce qui regarde la galanterie ? Tu veux que l'on
soupire toujours , qu'on ne trompe
jamais , qu'on soit de bonne foi , &
avec qui ? avec les femmes ! pauvre
Chevalier ! de la bonne foi , avec des
êtres , dont l'essence est le manége,
& qui estiment l'amour , bien plus
par les ruses qu'il suggére , que par
les jouissances qu'il donne ! Tu vas te
rejetter sur les exceptions ; j'y croirai,
si tu l'exiges ; mais , que veux-tu ? je
n'en ai jamais rencontré.

Quant au plaisir de changer , tu ne
l'as point assez approfondi, mon cher,
pour le discuter avec moi. Le plus volage est , sans contredit, le plus philosophe , & cette philosophie , par

exemple, est merveilleusement adop-
tée par ce sexe charmant, dont tu es
le tendre Apologiste.

Une sauvage, abandonnée à l'impulsion de la nature, change pour satisfaire aux *lubies* de son tempéra-
ment. Une femme policée pour tâcher
de s'en faire un. L'une obéit à ce qu'elle
a, l'autre cherche ce qu'elle n'a pas :
toutes deux vont au même but, ont
les mêmes principes, & emploient les
mêmes moyens, comme les plus sûrs
dans tous les cas. Il n'y a point de
caractère, à qui l'inconstance ne réus-
sisse. La coquette change par système, elle a l'air de multiplier ses charmes, en multipliant ses adorateurs;
la prude, par équité : elle s'impose
extérieurement, tant de privations,
qu'il est juste que son intérieur n'en
souffre pas ; rien au monde n'est plus
exigeant que l'intérieur d'une prude.
Les étourdies y trouvent leur compte,
ce sont toujours quelques bluettes de

bonheur qu'elles attrapent en courant. Les femmes voluptueuses , & je
pourrois te citer ce qu'il y a de mieux
dans ce genre , m'ont juré, dans des
quart-d'heures d'épanchement, que le
physique y gagnoit, & que la volupté
n'y perdoit pas.

Tu vois que je m'appuie d'autorités
respectables ; & d'ailleurs, j'ai, sur cela,
une pratique soutenue qui complette
l'évidence de mes raisonnemens. Voilà donc les femmes décidées volages.
Pourquoi diable veux-tu que nous ne le
soyons pas ? Ce sentiment romanes-
que , dont tu me parles , quand il est
porté à un certain excès , est , en quelque sorte , le néant de l'ame ; il éteint
son feu que tu prétends qu'il concen-
tre ; il l'endort, lui ôte le mouvement,
la vie, & je ne connois que l'infidélité,
qui puisse rétablir la circulation. Encore est-il des cœurs désespérés sur
lesquels elle ne peut rien.

Eh ! que devient l'honnêteté, vas-

tu me dire ? Tout ce qu'elle peut ;
Chevalier : tu verras , qu'il est très-
honnête de crever d'ennui , de tenir
à un lien qui pése , de se piquer
d'un héroïsme bourgeois , & de s'a-
brutir par délicatesse. Connois-tu
rien de plus lourd à porter , qu'une
chaîne où le procédé vous retient ;
quand le plaisir vous appelle dans une
autre ? La vie est une éclair, il faut que
nos goûts lui ressemblent , qu'ils soient
brillans & rapides comme elle. Tu as
peut-être rencontré quelquefois , dans
la société , de ces couples soi-disant
amoureux & arrangés depuis des siécles , qui , en secret, excédés l'un de
l'autre , se gardent , par ostentation ;
& pour donner un vernis de mœurs à
leur commerce ? Ne conviendras-tu
point , que ces prétendus traits d'un
amour exemplaire, sont révoltans pour
un homme un peu profond , & qui a
réfléchi sur la portée du cœur humain ?

Je

Je voudrois qu'il y eût peine de bannissement, pour tous ceux qui s'aimeroient plus de vingt jours de suite. Je me défie des femmes trop tendres, & dissertant, à perte de vue, sur les charmes d'une union durable, sur l'as-sortiment des ames, & ces lieux communs de la vieille galanterie. Ces raisonneuses-là, sont quelquefois plus perfides que d'autres. Vivent les folles! les Théologiennes, en fait de sentiment, sont au cœur, ce qu'est au palais d'un buveur, de l'eau bien clarifiée : on est, avec elles, désaltéré si tristement! on languit dans leurs bras, & l'on a soif d'autre chose.

Toi qui, je l'espére, nous soutiendra bientôt qu'il est *monstrueux* d'être infidele, sçais-tu qu'il faut l'être, pour l'intérêt même des femmes qu'on aime ? Ayez une maîtresse, que rien n'inquiéte, que rien n'allarme, sûre de vos hommages, convaincue de votre sentiment; elle en accepte les preu-

I. Partie.   G

ves avec tranquillité, c'est-à-dire, sans
reconnoissance. Une femme tranquille
ne tarde pas à être froide. Sa sécurité
devient présomption, elle se fie à ses
charmes, regarde l'amour comme
une dette, croit l'amant trop heureux
quand il s'acquitte. Vous lui êtes cher,
si vous voulez ; mais, vous cessez d'ê-
tre piquant : elle-même ne fait plus
de frais, elle est aimable, quand elle
peut, pense toujours l'être assez, se
repose de tout sur votre ivresse, & finit par perdre la sienne. Donnez-lui
une rivale ; tout se réveille, & se ra-
nime ; sa haine pour celle qui lui ravit
votre cœur, met en action l'amour
qu'elle a pour vous ; vous redevenez
intéressant, les insomnies commen-
cent, viennent ensuite les Billets du
matin. On s'emporte, on se désespére,
on pleure, & l'on s'embellit en pleu-
rant. Pour mettre ces dames tout-à-
fait dans leur jour, il est d'obligation
de les tourmenter ; leur esprit y ga-

gne, leur ame aussi. Les femmes quit-
tées sont surprises elles-mêmes des
ressorts de leur imagination ; elles font
plus , cent fois , pour ramener un infidele , qu'elles n'avoient fait , pour le
séduire ; & je ne les trouve vraiment
aimables , que quand elles sont très-
malheureuses. Qu'en arrive-t-il ? Les
consolateurs surviennent, on les écoute , on se familiarise avec leurs propo-
sitions : on y céde , & ce sont des effets qui rentrent , qui circulent dans la
société : le commerce va , les désœuvrés y trouvent leur compte , tout le
monde est content.

D'ailleurs , une femme qu'on force
à faire un nouveau choix , doit conserver une reconnoissance éternelle à
l'amant qui lui procure le charme inexprimable de la vengeance. Ma morale
est bonne , je t'en réponds ; je change,
par indulgence pour moi , & par égard
pour les autres. Il ne m'est jamais arrivé de me reposer, plus d'un instant ,

sur une même impression. Quand,
par hazard, je vais au Spectacle, j'y
apporte, toujours, trois ou quatre intentions qui m'occupent, m'exercent
& me tiennent en haleine ; j'y brave
celle que j'ai eue, je lorgne celle que
je veux avoir, & j'inquiéte celle que
j'ai. Voilà les entr'actes remplis. Ce
mouvement éternel fixe les yeux sur
moi ; les unes me prônent, les autres
me déchirent, toutes me citent, &,
dans le vrai, celles qui ne m'ont pas
eu, ne connoissent pas encore toutes
leurs ressources.

Une de mes folies, à moi, c'est de
faire faire aux femmes, des choses ex-
traordinaires ; il n'y en a pas, qu'en
les prenant dans un certain sens, on
n'améne au dernier période de l'extra-
vagance ; &, quand il s'agit de se distinguer par quelque bonne singularité,
les plus réservées deviennent intré-
pides.

J'ai, depuis quinze jours, [cela

commence à être mûr,] une petite femme, qui n'a que le souffle. C'est l'individu le plus frêle, que je connoisse ; il semble qu'on va la briser, quand on la touche. Son caractère a l'air d'être aussi foible, que son *physique* est délié, délicat & fragile ; elle a peur de tout, ne va point au spectacle, de peur des reculades ; craint le * * * , (où il ne va personne,) à cause de la foule. Eh ! bien ! cette femme si craintive, si peu agguérie, a eu le courage de me prendre ; elle a celui de me garder, & elle aura celui de me planter-là, si je ne la gagne de vîtesse. Mais, ce n'est rien encore, je vais te conter, à son sujet, une anecdote curieuse qui pourra servir à l'histoire raisonnée & philosophique des femmes de ce siécle.

L'idole en question s'avise d'aimer éperdûment la musique. Je lui fis naître, un soir, la fantaisie de s'enivrer des délices de l'amour, au son des

instruments les plus voluptueux , placés , à une certaine distance , pour
toutes sortes de raisons. La voilà
folle de cette idée ; toutes les nuits,
elle ne rêve qu'à l'exécution du projet. Nous prenons jour , & nous choi-
sissons exprès , afin d'avoir des dif-
ficultés à vaincre , celui qui en of-
roit davantage. Elle étoit priée à
un grand souper , chez la jeune Duchesse de * * * ; son mari devoit en
être. Comment se tirer de-là ? Je le
répéte , dans les jours d'action , rien
n'est tel, que les femmes timides ; elles
font des prodiges de valeur. On mit
d'abord la Duchesse dans la confidence. Il s'agissoit de tromper un
mari ; tout devient facile alors. On
sert, on annonce, on se met à table.
Ne voilà-t-il pas que mon Héroïne
joue les convulsions , l'évanouisse-
ment ; tous les convives se levent &
cherchent à la secourir , l'intelligente
Duchesse s'en empare, la conduit dans

son appartement, la fait sortir par une issue secrettement pratiquée pour son usage, & lui confie la clef d'une porte, par laquelle on pouvoit s'évader en cas de besoin. Après cette expédition, elle revient, rassure tout le monde, certifie que la malade est couchée, & s'adressant au mari : soiez tranquille, dit-elle, je vous renverrai demain votre femme dans le meilleur état.

Tu vois, d'ici, la jolie Pélerine, ensevelie sous son coqueluchon, emprisonnée dans de petites mules bien étroites, exposée à toutes les gaîtés nocturnes des aimables libertins qui voyagent, à cette heure dans Paris, trembler, frémir, chanceler à chaque pas, & de transes en transes, s'acheminer vers mon Hôtel. Je faisois le guet, à l'entrée de la rue où je loge; j'apperçois la voyageuse, & la recueille enfin plus morte que vive; je la fais passer par de longues Galleries fort

obscures , (car j'avois fait discrette-
ment éteindre les lumieres ,) & la con-
duis , avec des précautions tout-à-fait
magiques , jusqu'à l'intérieur de mon
appartement. La volupté elle-même
avoit pris soin de le décorer, le jeu
des lumieres , multiplié par le reflet
des glaces, le choix des peintures les
plus analogues au moment, tout sembloit y inviter au plaisir. Elle ne vit
rien de tout cela. A peine fut-elle entrée , qu'elle se laissa tomber sur la
plus molle , la plus sensuelle & la plus
employée des Ottomanes, où , pendant plus d'une heure , elle resta sans
mouvement. Ce n'étoit pas-là mon
compte.

Mes clarinets commencerent à jouer;
ils la tirerent de sa léthargie. Elle re-
connut & comprit, à merveille, ce
signal des grands événemens de la
soirée. J'avois recommandé que les
premiers airs fûssent bien sourds ,
bien lents , & interrompus, par inter-

valles, afin de ne pas ébranler trop-tôt des organes affoiblis par la fatigue. Ses sens, par dégrés, se remirent à *l'uniſſon*, & heureusement pour moi, reprirent leur activité.

Après ce prélude, le souper sort de dessous le parquet, sur une table de bois de violette, éclairée par des girandoles. Tu t'imagines bien, que jamais soupé ne fut plus délicat, ni plus irritant ; tant qu'il dura, la musique fut vive, gaie, pétulante, quelquefois même un peu bacchique ; elle se radoucit peu-à-peu, & nous indiqua le moment d'entrer dans le boudoir. J'aime bien mieux te peindre le triomphe, que de t'en décrire le lieu. Mon Orchestre, alors, part comme une éclair ; une musique animée, rapide, expressive, figure la chaleur, la vivacité, & l'intéressante répétition des premieres caresses.

Ce calme passionné qui leur succéde, cette langueur, ce recueillement

de l'ame , où l'œil détaille ce que la
bouche a dévoré, ces momens où l'on
jouit mieux , parce qu'on est moins
pressé de jouir , sont imités par
cette harmonie douce , languissan-
te , entrecoupée , qui ressemble à
des soupirs. Enfin , de transports
en transports , d'extases en extases , je parvins à lasser mes Musi-
ciens. Ma belle & nonchalante maîtresse leur demandoit encore quelques
airs , & m'auroit volontiers chargé de
l'accompagnement; mais l'aurore, qui
commençoit à paroître , vint l'arracher à son ivresse. Je la reconduisis
chez son amie. Et pendant le chemin,
elle m'avoua naïvement que jamais
concert ne l'avoit tant amusée. Le
lendemain , on la renvoya à son benet
d'époux ; ce qu'il y a de réjouissant,
c'est qu'elle contraignit cet imbécile-
là d'écrire à la Duchesse , pour la remercier du service qu'elle lui avoit
rendu , & des soins tout particu-

liers qu'elle avoit eus de sa femme.

Tu t'imagines bien, que ce coup d'éclat finit l'intrigue ; il est impossible, qu'après cette soirée, Mad. de * * *, fasse quelque chose de saillant. J'en ai tiré, je crois, tout le parti possible, & je la rends, de grand cœur, à la société. Avoue, Chevalier, qu'en mille ans, ton rafinement de sensibilité ne te donneroit pas des plaisirs aussi vifs, aussi piquans, & surtout aussi neufs.

Adieu, j'ai été bien aise de t'initier, une fois, dans des mystères inconnus aux amans vulgaires. Cette lettre est une espéce de code que je compte publier, un jour, pour l'encouragement des dames, & l'instruction des hommes. Il faut bien éclairer son siécle, & mériter le beau titre de citoyen.

LETTRE XXIII.

De la Marquise d'Ercy, au Chevalier.

O H ! l'excellente découverte ! ne
craignez rien, Chevalier ! Je serai dis-
crette ; je respecterai le motif de votre
séjour à Paris , & le secret de vos
amours. Vous voilà donc infidéle ? Je
n'en voulois rien croire , plus par
bonne opinion de moi, que par confiance en vous. Mais , ce qu'il y a de
tout-à-fait amusant , c'est que ce soit
Madame de Senanges que vous me
donniez pour rivale ! Vous avez dû
bien rire de ma derniere lettre. Je
m'adresse à l'amant de cette femme,
pour lui confier tout le mal que j'en
pense ; c'est son Chevalier , que je
charge de punir son petit orgueil.
Dans quel piége vous m'avez conduite ! avouez que le tour est *leste*. Je
ne vous croyois point de cette force-

là. Je suis votre dupe ; c'est un triomphe , je vous en avertis ; les dupes
comme moi sont rares. J'avois pensé , que de nous deux , c'étoit moi
qui aurois l'esprit de tromper la premiere ; vous m'avez prévenue , & cela
me donne un grand respect pour vous.
Vous vous attendiez peut-être que
j'allois éclater en reproches ! non pas ,
s'il vous plaît , je ne suis pas persécu-
tante , de mon naturel , je prends les
choses plus gaîment. D'ailleurs , des
objets trop graves m'occupent, pour
que j'aie le tems de jouer un désespoir
en régle ; je n'ai pas deux minutes à
donner à ce qu'on appelle un dépit
amoureux. Ce sang-froid , sans doute ,
est piquant pour vous; mais il est commode pour moi ; & , au terme où
nous en sommes , il est juste , que nous
nous mettions , tous deux , fort à
notre aise. Vous vous imaginez bien ,
que , dans l'abandon cruel où vous me
laissez , je ne tarderai point à trouver

des consolateurs. Comme je suis encore *infiniment* jeune , que je ne tombe
pas tout-à-fait des nues , & que , sans
être belle comme Madame de Senanges , je suis, dit-on, d'une figure
assez passable , je ne m'allarme point
sur mon sort , & je suis consolée de
votre crime ; (car les femmes prétendent , je ne sais trop pourquoi , que
l'infidélité en est un) j'en suis consolée , dis-je , par la facilité de la vengeance.

Cependant , comme un reste d'intérêt me parle encore pour vous , je
dois vous avertir , charitablement , de
ce qu'un odieux public débite sur le
compte de votre nouvelle conquête.
On ne lui dispute point sa jeunesse ;
elle en a toute la gaucherie , & l'on
auroit tort de la chicaner sur cet article ; mais on lui reproche de n'être
rien moins que naïve , & d'avoir la rage
de faire l'enfant. On prétend que rien,
si ce n'est son ame , n'est plus artifi-

ciel que son teint. Au reste, ce sont des mystères de toilette, dans lesquels il ne nous sied pas de pénétrer. On me soutenoit, l'autre jour, & j'en étois furieuse, que sa douceur n'est que de l'hipocrisie ; que son caractère tient le milieu entre la prude & la coquette, [toujours en y ajoutant la nuance de la fausseté ;] que, très-incessament, son cœur deviendra banal ; & qu'enfin tout son esprit est composé de réminiscences. Pardon, Chevalier ! mais, comme l'amour est aveugle, & que tous ceux qu'il blesse, ne voient gueres mieux que lui, j'ai cru devoir vous fournir quelques lumieres sur l'objet de votre idolâtrie ; je suis sûre, que vous m'en sçaurez bon gré. Levez un coin du bandeau, vous verrez, peut-être, ce que la passion vous cache.

A propos, on prétend que Madame de Senanges veut vous assujettir aux chimères d'un amour purement spéculatif. Vous voilà déclaré Sylphe ; je vous en félicite. Mais , gare les Gnomes , Chevalier ! ils profitent de certains momens , & Madame de Senanges , que l'on calomnie toujours , a , dit-on , plusieurs de ces momens-là , dans la journée.

Je vous ennuie , & je ne conçois pas moi-même , pourquoi je vous ai écrit une si longue lettre ? Ce n'étoit pas mon intention ; je ne voulois que vous éclairer sur le compte de Mad. de Senanges , & vous tranquilliser sur le mien. Adieu , Chevalier.

LETTRE XXIV.

LETTRE XXIV.

Du Chevalier, à Madame d'Ercy.

VOTRE *sang-froid* ne me *pique* point, Madame ; mais il me consoleroit si quelque chose pouvoit consoler un homme honnête, d'avoir à rompre le premier, des nœuds auxquels il a dû quelques intervalles de bonheur. L'ironie soutenue de votre lettre, me prouve combien votre ame est maîtresse d'elle-meme, & le peu d'importance qu'elle attachoit à mon sentiment : je vois, par la maniere dont vous y renoncez, le principe secret de mon inconstance. Votre froideur a commencé mon crime, les circonstances l'achevent, votre ton le justifie. Je ne serai point faux, en cherchant à pallier mes torts.

Je suis reconnoissant, je le serai toujours, de la vivacité que, souvent

I. Partie.   H

malgré moi, vous avez mise à me servir; je ne prononce votre nom qu'avec
attendrissement. D'où vient donc suis-
je infidéle? Est-ce votre faute, est-ce
la mienne? Ah! je le sens, votre caractère ne pouvoit simpathiser long-
tems avec le mien. Les détails de votre ambition, ceux de votre coquetterie, vous laissent les grâces nécessaires pour conquérir, mais nuisent,
chez vous, aux moyens de conserver.
Vous aimez, en courant; l'amour n'est
pour vous qu'une distraction, une espéce d'interméde à l'intrigue; &, quand
il n'est pas l'affaire la plus importante
de la vie, il en est la plus frivole.

Je ne m'expliquerai point sur l'espece d'attachement que j'ai pour Mad.
de Senanges; mais je la connois, je l'estime, je la respecte; & c'est assez pour
repousser l'injustice qui l'attaque. Je
serois, à la fois, inhumain & lâche,
si je la laissois immoler aux propos
d'un public méchant & mal-instruit.

Vous ne faites sans doute que le ré-
péter ; car je ne puis croire que vous
aïez rien invénté des horreurs dont
votre lettre est remplie. L'amour propre blessé peut rendre injuste ; il ne
rend point atroce & barbare. Encore
une fois, je vous plains d'une erreur,
je ne vous accuse point d'une infamie.
Madame de Senanges est enviée, vous
êtes crédule, intéressée à l'être ; par-
là, tout s'explique. Vous avez pris le
poignard de la main de ses ennemis ;
mais vous ne l'avez point aiguisé, &
vous n'êtes que l'instrument aveugle
dont on se sert, pour noircir la vertu.

Voulez-vous voir Mad. de Senanges
telle qu'elle est ? Imaginez le contraire
du portrait que vous m'en faites. Je
laisse à la nature, qui seule préside à
tous ses charmes, le soin de venger
son teint des outrages de la jalousie ;
c'est son ame qu'il importe de faire
connoître & respecter. La sienne est
trop belle, pour être fausse. Qu'auroit-

elle à cacher ? Croit-on lui enlever ses qualités, en lui supposant des vices qui sont si loin d'elle ! Croit-on la juger, quand on la calomnie ? Combien vous rougirez, Madame, d'avoir cru si légerement des bruits qu'il étoit si aisé de détruire ! Avec quel plaisir, (c'en est un digne de vous,) vous justifierez Madame de Senanges, aux yeux même de ses accusateurs ! Eclairée par son expérience, combien vous tremblerez pour vous-même, puisque les mœurs, l'honnêteté, l'élévation des sentimens, ne mettent pas celles qui honorent le plus votre sexe, à l'abri des plus noires imputations ? Au reste, Madame, si on vous attaquoit, jamais, (car je crois tout possible, après ce qui arrive à Madame de Senanges,) jugez, par la chaleur avec laquelle je viens à son secours, du zele que je mettrois à vous défendre.

LETTRE XXV.

Du Chevalier de Versenay, à Mad. de Senanges.

QU'AI-JE donc fait , Madame ? car vous êtes trop honnête , pour me traiter avec tant de rigueur , si je n'étois pas infiniment coupable , & j'aime mieux me supposer tous les torts , que d'oser vous en imaginer un. Encore une fois, qu'ai-je donc fait ? Voilà trois semaines , que votre porte m'est fermée , que vous ne répondez point à mes lettres , que vous recevez , presque tous les jours , un homme sur le compte duquel vous devez être éclairée. J'ai beau chercher dans ma conduite les motifs de la vôtre ; je ne les y trouve point. A Dieu ne plaise , que je regarde votre sévérité comme le jeu d'une coquetterie barbare , qui n'améne l'amour à l'excès de l'ivresse ,

H iij

que pour déchirer ensuite le cœur sensible qu'elle a blessé ! Je mériterois ce qui m'arrive, si j'avois nourri, un seul instant, cette idée outrageante pour vous. Non ; vous me punissez de quelque faute involontaire, & je n'ai pas même le droit de me plaindre.

Ils ont peu duré, ces beaux jours où vous me donnâtes des preuves de confiance & d'amitié. Par combien de tourmens vous m'avez fait expier ce plaisir, hélas ! si rapide ! C'est depuis cette époque de félicité, que tout a changé dans votre cœur & pour le mien. Quelle en est la cause ? je m'interroge, je ne me reproche rien, & je pleure un crime, que je ne connois pas. Je suis bien malheureux ! ne me faites pas, du moins, l'injure d'en douter. Quelques autres circonstances se sont mêlées à ma disgrace ; je n'ai apperçu, je n'ai senti que les peines qui me venoient de vous. Mon ame est inaccessible à toute autre impression ; je n'en ai qu'une , elle est affreuse ; mais elle tient a vous, je m'y attache , j'aime à l'approfondir, à m'y concentrer. J'enfonce avec délice le trait qui me tue, & je trouve un charme funeste à entretenir la douleur dont vous êtes l'objet.

Hélas ! qu'est devenu cet intérêt si doux , que répandoit sur toutes mes actions l'espoir de ne vous pas déplaire? Que de nuages brillans & perfides, me cachoient un avenir que je ne croyois pas si prochain ? Rien , alors, rien ne m'étoit indifférent. Vous chercher, vous attendre, vous apercevoir, obtenir un regard de vous, c'étoit mon bonheur ; les rêves de la nuit, les événemens du jour , tout vous retraçoit à mon imagination, tout occupoit mon cœur.... Dans quelle solitude vous m'avez laissé ! Maintenant, tout me fuit, jusqu'a l'espérance , ce bien qui trompe & console. Je ne tiendrois plus à la vie, sans le plaisir de répandre des larmes, & de sentir, par l'excès de ma peine, à quel excès vous auriez pu me rendre heureux. Qu'on ne me parle plus de fortune, de gloire, de ces vains honneurs dont je ne briguois la possession tumultueuse que, pour me parer de quelques avantages aux yeux de celle qui les a tous. Tourment de l'ambition, fiévre des cœurs arides, les amants heureux te dédaignent ; les infortunés t'abhorrent. Ah ! Madame, vous m'avez rendu affreux ce qui distrait les autres hommes.

Au nom des pleurs, dont je mouille ce papier, instruisez-moi, du moins, des motifs qui vous font agir. M'a-t-on calomnié auprès de vous ? Ne me cachez rien ; je puis me justifier de tout ; je ne crains que l'obscurité de mes accusateurs, & le mystère que vous m'en faites. Que vous a-t-on dit ? Parlez. . . . Je meurs, si vous

ne me répondez pas. Accablez-moi ,
tout-à-fait ; j'en suis réduit à envier
un malheur qui ne puisse plus croî-
tre. L'incertitude où je suis est plus
affreuse que le désespoir.

LETTRE XXVI.

Du Marquis de * * * , au Chevalier de Versenay.

JE ne sais quel attrait, Chevalier, me ramène toujours à toi, quand j'ai quelque bonheur à confier ; car, sans me vanter, je n'ai pas besoin de confident pour mes peines. Tu te rappelles peut-être une certaine lettre que je t'écrivis, il y a quelques mois ; elle fit un bruit, un scandale ; on se l'arrachoit. J'en ai moi-même distribué des copies, afin de satisfaire à l'avidité des amateurs. Eh ! bien ! il en est tombée une entre les mains de Mad. de Senanges. J'aurois cru, d'après l'infléxibilité de ses principes, & la dignité de ses mœurs gauloises, qu'elle pouvoit en être effarouchée. Point ! depuis cette lecture, elle a redoublé d'intérêt pour moi, & me traite mieux que jamais. Elle me prêche un peu, mais avec tant d'aménité, un organe si doux, qu'elle détruit elle-même tout l'effet de ses sermons. Je crois, Dieu me pardonne, qu'elle auroit quelqu'envie de me convertir. C'est un secret, que je dépose dans ton sein, & tu suivras avec moi, mon cher Chevalier, toutes les gradations de mon bonheur. J'ai eu, jusqu'ici, de ces femmes accommodantes, expéditives & faciles, qui donnent plus de vogue que de consistance. Ma réputation est plus brillante que solide ; il est tems de la conduire à sa maturité, & d'en imposer à ces dames, qui, je ne sais pourquoi, se sont avisées de me croire superficiel. Madame de Senanges a justement ce qu'il me faut, pour cette opération. Plus je la vois, plus je la trouve estimable. Avec une apparence de légéreté, elle a des goûts solides, de la supériorité dans l'esprit, de l'héroïsme dans

l'ame, une noblesse vraie, répandue
sur toute sa personne ; c'est une femme qui mérite qu'on la distingue ; &,
en lui sacrifiant un mois plein, il
est possible de se faire avec elle, un
très-grand nom.

Comme tu l'as cultivée (très-inuti-
lement il est vrai) mais assez pour
la bien connoître, je te demanderai
quelques instructions préliminaires.
Quand je tombe dans l'embuscade
des honnêtes femmes, je t'avouerai
que je me trouve dans un pays perdu. Chevalier, tu me serviras de fa-
nal ; tu m'aideras de tes conseils ; je
te crois miraculeux pour la consul-
tation.

A propos, l'on ne te voit plus chez
la belle Vicomtesse ; te boude-t-
on ? Serois-tu absolument éconduit ?
j'en serois désolé ; je voudrois te voir
là, pour applaudir à mes progrès,
& encourager mon inexpérience. Je
me dispose à jouer un rôle brillant ;

mais il me faut un Théâtre & des
Spectateurs. Quel Guerrier aimeroit la
gloire, sans l'aiguillon des témoins ?
Il en est de même des amants. Bon
jour.

LETTRE XXVII.

De Mad. de Senanges, au Chevalier de Versenay.

J'APPRENDS, Monsieur, que vous êtes brouillé avec Madame d'Ercy ; & je dois vous porter à la revoir. Elle a du crédit, sans doute des qualités. Vous lui avez rendu des soins, elle a pu vous être utile ; elle pourroit vous l'être encore, pourquoi rompre avec elle ?... Si elle alloit vous desservir ! Mais, non ; je suis injuste, l'intérêt que je prends à ce qui vous regarde, me rend tout ce que je n'ai jamais été. Vous ne l'aimez donc plus, Mad. d'Ercy ?.. Qu'elle est à plaindre !.. si pourtant elle vous aime encore ! Ah ! ménagez son amour propre, surtout sa sensibilité ; il est dangereux de blesser l'un, il est affreux d'affliger l'autre. Vous êtes honnête, votre cœur vous

guidera mieux que personne. Enfin ,
Monsieur, retournez chez elle, .. s'il le
faut. Non que je vous conseille de feindre ce que vous ne sentez plus ; changer
est un malheur , tromper une bassesse.
Mais que vos égards la consolent de
ce qu'elle a perdu , vous acquittent de
ce qu'elle a fait , & vous conservent
une amie. Si j'étois moins la vôtre ,
je n'entrerois pas dans tous ces détails; vous me les rendez intéressans.

Je me suis bien consultée , & je me
livre à mon amitié pour vous , parce
qu'elle est pure , méritée ; parce que
je n'en redoute plus rien.

Je vous l'avoue , j'ai craint votre
amour , je me suis craint moi-même;
je vous ai fui, j'ai eu, vis-à-vis de vous,
l'apparence des torts ; j'ai voulu l'a-
voir , pour vous détacher de moi. Ma
porte vous a été fermée , j'ai reçu le
Marquis avec une affectation dont
vous ignoriez le motif ; & j'ai moins
appréhendé l'opinion qu'une telle con-

duite vous donneroit de mes principes,
que je ne me suis reproché d'avoir
écouté l'aveu de vos sentimens ; je devois vous imposer silence. Comment
ne l'ai-je pas fait ? Comment ai-je eu
l'imprudence de recevoir vos lettres
& d'y répondre ? C'est un tort , un
tort réel. . . .

Enfin , Monsieur , je puis vous revoir. . . . Je le puis , sans danger ;
vous sentez à quelles conditions ; & ,
si je vous suis chere , vous n'hésiterez
point à vous y soumettre.

Mon cœur n'est point fait pour l'a-
mour. Eprouvée par des chagrins vifs ,
armée de l'expérience des autres , soutenue par de bons conseils , heureuse
surtout du calme dont je jouis , je me
suis interdit pour toujours une passion , dont les commencemens peuvent être doux , mais dont les suites
m'effraient. La perte de l'honneur ,
celle du repos, & peut-être , un jour ,
l'abandon de l'objet auquel on a tout
sacrifié ;

sacrifié ; voilà le sort des infortunées,
qui paient , d'un siécle de peines ,
quelques instans de bonheur. Et quel
bonheur encore , que celui qu'on se
reproche, qu'on dérobe aux yeux de
tous, qu'on voudroit pouvoir se cacher à soi-même ! . . . Je méprise trop,
pour en parler, les êtres qui n'ont plus
de remords.

Je me connois : si je devenois sensible, ma vie seroit affreuse. Je ne
m'appartiendrois plus , je dépendrois
d'un geste , d'un mouvement , d'un
regard ; tout porteroit sur mon cœur.
Allarmée sans soupçons, déchirée sans
preuves , si je ne me défiois pas de
mon amant , je me défierois de mes
charmes ; je ne m'en trouverois jamais
assez , pour lui plaire uniquement ;
nous serions tourmentés tous deux....
Eh ! quel seroit alors, quel seroit mon
appui ? Il n'en est point , pour celles
qui tremblent de descendre dans leur
intérieur... Encore une fois , je tiens

I. Partie.   **I**

à mes résolutions ; j'y tiens plus que jamais , puisque je consens à vous recevoir. Vous , Monsieur , renoncez au vain espoir de porter le trouble dans une ame contente d'elle-même , assez douce pour vous pardonner d'avoir eu le projet de lui enlever son repos , mais affermie dans ses principes , & toute entiere à l'amitié.

P. S. Reverrez-vous Madame d'Ercy ? On prétend qu'elle ne m'aime pas... N'importe... Ce que je vous ai dit , je vous le répéte ; & , si vous suivez mes conseils , je ne pourrai que vous en applaudir. Si vous imaginiez cependant que votre présence lui causât de la peine ou de l'embarras ! ... Enfin , vous savez mieux que moi ce qui sera le plus convenable dans votre position ; & je pourrois , avec les meilleures intentions du monde , me tromper sur le genre de procédés qu'elle doit attendre de vous. Je vous renvoie la lettre du Chevalier , je l'ai parcourue ; elle ne m'a inspiré que de la pitié. Croïez que personne au monde n'apprécie mieux que moi , ces êtres frivoles, orgueilleux & cruels, la honte de leur sexe , le mépris du nôtre , & désavoués par tous deux ; ils ne sentent rien , ils sont punis.

BILLET

Du Chevalier à Mad. de Senanges.

Vous consentez à me revoir , & vous m'offrez votre amitié. ... Je n'examine rien , je me soumets à tout ; je supporterai tout. Je suis trop affecté pour vous répondre. Je sors, & vais tomber à vos pieds.

LETTRE XXVIII.

De Madame de Senanges au Baron.

Votre souvenir , vos conseils , tout ce qui m'assure votre amitié , m'est précieux ; j'aurois dû vous en remercier plutôt. Mais , Baron , la vie que je méne est si dissipée ! Des devoirs , des biensésances , quelquefois des affaires , tout m'enleve à moi-même , & j'en suis bien loin , quand je ne suis pas à mes amis. Que j'envie la paix de votre solitude ! que vous êtes heureux ! votre ame est calme , c'est le plus grand des biens ; c'est le fruit de la vertu : vous en devez jouir ; vous en jouirez toujours , & votre bonheur consoleroit presque de votre absence. Donnez-moi de vos nouvelles , donnez m'en souvent : j'ai besoin d'en recevoir. Je cours beaucoup , & je ne m'amuse pas. Il est si peu d'êtres vrais , tant d'apparences trompeuses! la bonne foi est si rare! je le crains du moins : si je le croyois, j'irois habiter un défert.

J'en conviens avec vous, tout fentiment trop vif est pénible. Il faut se commander, fe vaincre, s'eftimer toujours, & dédaigner les hommages , fouvent faux, toujours intéressés de de la plûpart des Amants. Les écouter est un tort; les croire , seroit un malheur. Mon indépendance m'est chère , ma gloire me l'est plus ; je les conserverai toutes deux. Moi, j'aimerois ! moi, si malheureuse autrefois, j'entrerois dans une nouvelle carriere de peines ! D'où viennent vos alarmes ? Si vous saviez quelle opinion j'ai des hommes , combien les vœux qu'ils nous adressent me paroissent plus offensans que flatteurs ! si vous le saviez, vous seriez rassuré. Je n'en ai rencontré qu'un seul, qui se soit préservé du danger de l'exemple. Il

n'a point les défauts de ses semblables, il eſt votre ami : mais je ſuis
juſte pour lui, sans qu'il soit dangereux pour moi. Mes réflexions m'ont
armée contre tous. Je ne connois, je
ne veux connoître que l'amitié. Le
Chevalier a, si j'ose le dire, puisé dans
votre ame, il vous apprécie, & c'est,
pour cela, que je le distingue. Nous
avons souvent parlé de vous ensemble ; peu de personnes sont dignes d'en
parler comme lui. Mon oncle doit
vous écrire. Ne le croyez pas, s'il vous
mande que je suis triste. Ses bontés,
sa tendresse pour moi, lui font de ses
craintes des réalités. Cet oncle adorable est un pere, & quel pere ! Qu'il vive
plus long-tems que moi ! c'est le vœu
de mon cœur. On dit que le Chevalier a aimé Madame d'Ercy. Peut-
être il l'aime encore, cela me paroît tout simple, elle est belle ;
elle doit l'enchaîner. Votre lettre m'a
allarmée. Je me suis examinée ; je

suis contente de cet examen , & pé-
nétrée du motif de vos inquiétudes ;
mais soyez tranquille ; j'ai votre amitié, que me faut-il de plus ?

LETTRE XXIX.

Du Baron, au Chevaliér.

J'AI reçu, Chevalier, une lettre de Madame de Senanges, & j'exige de vous que vous vous taisiez sur la confidence que je vous en fais. Elle a l'air d'être bien aise de vous connoître; mais il seroit nécessaire que nous causassions ensemble sur l'esprit général de sa lettre. Je ne vous en dirai rien par écrit; je sens pour vous l'importance d'un entretien détaillé. Si vous le désirez cet entretien, vous vous arracherez, pour quelques mois, au tumulte, au vertige de Paris & de votre imagination, pour venir respirer dans ma solitude. Ma proposition vous révoltera d'abord. Je sais avec quel empire on est retenu par les liens d'une passion naissante & le perfide espoir d'un bonheur, trop souvent plus qu'in-

certain ; mais je connois encore mieux
pour vous les dangers du séjour , que
je ne conçois les horreurs de la séparation. L'habitude prolongée devient
aussi impérieuse que l'amour même.
On se familiarise avec l'idée vague d'un
plaisir qui n'arrive point , avec des peines dont le sentiment s'émousse , &
dégénere en une langueur , pire que les
tourmens de l'activité. On use ainsi
son courage en plaintes stériles , sa
force en inquiétudes fatigantes. Le
ressort de l'ame se détend , on s'ac-
coutume à être foible ; insensiblement
on devient lâche ; enfin, on perd l'estime de soi, & c'est alors que tout est
perdu. L'être infortuné qui se méprise n'a d'asyle que le tombeau. Je peins
sans ménagement , parce qu'avec les
hommes de votre âge , l'amitié vraie
mesure la force de ses conseils à celle
des passions qu'elle doit diriger ou
détruire.

Voici la belle saison : c'est un mo-

ment de chaleur & d'énergie pour tou‑
te la nature. N'y auroit-il que les ames
qui ne participassent point à ce renou‑
vellement général ? Croïez-moi, Che‑
valier ; venez reposer vos sens dans
ma retraite ; venez-y rafraîchir, si j'ose
m'exprimer ainsi, une ame desséchée
par la crainte, enflammée par l'espé‑
rance, brûlée par toutes les ardeurs de
l'âge & d'une imagination éblouie.

Vous trouverez ici un beau Ciel,
un Site pittoresque, des côteaux pai‑
sibles, une forêt majestueuse, le spec‑
tacle des travaux & des vertus cham‑
pêtres, le mouvement d'une vie occu‑
pée, le tableau de l'innocence & la gaî‑
té qui l'accompagne ; vous y trouve‑
rez des mœurs, du calme, un air sa‑
lubre, des livres & un ami. Vous ne
connoissez pas encore le plaisir de
se lever avec le jour, d'aller, un *Mon‑*
taigne à la main, se promener sur les
bords d'un étang solitaire, de fortifier
les leçons du philosophe, par le re‑

cueillement de l'homme sensible , par
cette admiration religieuse qu'inspire
l'aspect des campagnes , & de n'être
interrompu, dans ses utiles rêveries ;
que par la rencontre d'un mortel vrai
qui vous serre dans ses bras , partage
vos plaisirs , & ne craint point d'entrer
dans le secret de vos peines.

C'est dans mes prairies que croît le
baume salutaire à vos blessures ; c'est ,
en s'enfonçant dans l'obscurité des
bois , en gravissant une colline , en ou-
vrant son cœur à la voix d'un honnête
homme , qu'on affermit le sien , qu'on
apprend à se créer des plaisirs nobles ,
qui dédommagent des efforts qu'ils
ont coûtés , & surtout à respecter les
principes de la femme vertueuse qu'on
aime , & qu'on cherchoit à dégrader.

Mon ami , le bonheur n'est que la
récompense de la force mise en action.

Croïez-vous y atteindre, tant que
vous respirerez l'air envenimé de la

Capitale ? Le désordre y est autorisé
par l'exemple , la foiblesse y est en
quelque sorte obligée ; on suit la pen-
te, d'abîme est au bout. Les bons na-
turels luttent quelque tems ; mais , à la
fin , le torrent les emporte , & ceux
qu'il entraîne sont d'autant plus à plaindre , qu'il se joint au remord d'un vice
qui leur est étranger , des retours im-
puissans vers l'honnêteté qu'ils ont
perdue. Corrompre , & être corrom-
pu , disoit Tacite , voilà ce qu'on appelle le train du siécle. Il semble , qu'en
écrivant cette sentence foudroyante ,
le Peintre des Nérons & des Tibéres ,
ait deviné la plaie incurable de nos
mœurs , & l'état actuel de notre société. Tous les liens y sont rompus , tous
les principes renversés. A force de gé-
néraliser la vertu , on parvient à l'a-
néantir. Sous prétexte d'être Philosophe , on n'est , ni pere , ni époux , ni
citoyen. L'adultere n'est plus qu'un
vieux mot de mauvais ton ; ce qu'il

désigne , est reçu , accrédité , affiché même , en cas de besoin. La probité pleure , la vertu se cache , la scéléra-tesse léve le front , & il n'y a plus de frein à attendre pour la corruption , quand une fois la pudeur du vice a disparu.

A propos , Chevalier , voïez-vous encore le Marquis * * * ? Défiez-vous des hommes qui lui ressemblent , ils m'ont toujours fait horreur ; & , quand je les avois sous les yeux , je les appel-lois les chenilles du dix-huitiéme sié-cle. Redoutez de pareilles liaisons ; n'hésitez pas à les rompre. Point de mollesse , point de ces misérables bien-séances de société , qui mettent une politique coupable à la place de cette sévérité courageuse , la sauvegarde des mœurs , & de la dignité du citoyen.

Pardon , Chevalier : cet élan d'indi-gnation vient de mon amitié pour vous. Encore une fois , arrachez-vous, pour quelques tems , à tous les dan-

gers qui vous environnent. J'ai des raisons pour vous en presser. Mon cœur
vous désire, l'ombre de mes forêts
s'épaissit pour vous recevoir; la consolation vous y attend. Venez renaître
à la nature, à vous-même, & retrou-
ver le bonheur dans les embrassemens
de votre ami.

LETTRE XXX.

Du Chevalier au Baron.

O respectable ami ! j'ai baigné des
larmes de la reconnoissance chaque
ligne de votre lettre , de cette lettre ,
où la vertu respire , où votre ame est
toute entiere, où vous me donnez les
conseils les plus sages , les plus at-
tendrissants , que ma raison adopte,
hélas ! & que mon cœur rejette. Ce
cœur est enchaîné ; il s'attache à son
lien. Je pleure de ne pouvoir aller vers
vous ; je pleure, & je reste. . . Ma félicité , ma vie est aux lieux que Mad.
de Senanges habite. Elle vous a écrit.
Peut-être avez-vous entrevu que je
serois malheureux. . . . . N'importe ;
je ne puis la quitter. Sa porte m'a
été fermée ; ce n'est que depuis quelques jours qu'elle consent à me recevoir , & je m'éloignerois ! & je ne

profiterois pas des instans de mon bonheur ! . . . . . . Qu'est - ce donc qu'elle vous a mandé ? Que vous êtes cruel ! . . . Suis-je haï ? Dites. . . Non, gardez-vous de me l'apprendre ; j'en mourrois : laissez-moi mes chimères, mon espérance ; elle est mon seul plaisir, ne m'en privez point. Puisque vous l'exigez, je vous garderai le secret sur la confidence que vous me faites. Eh ! pourquoi ne voulez-vous pas ? . . . Pardonnez à mon trouble, à mon inquiétude ; mes idées se croisent, se combattent, se brouillent : tout est confus dans mon esprit, à mes yeux ! Ils ne voient bien que Mad. de Senanges. Si vous saviez quelles cruelles conditions elle m'impose ! j'y souscrirai, je la toucherai par ma soumission, si je ne puis la désarmer par l'excès de mon amour. Moi, ne pas respecter ses principes ! Moi ! Fiez-vous-en à cette femme adorable pour épurer le feu qu'elle inspire, pour élever

jusqu'à

jusqu'à elle le cœur qu'elle embráse ,
pour n'y rien laisser que de noble, de
délicat , d'héroïque même. Oui , qu'il
s'ouvre un champ d'honneur ; je suis
un héros, pour la mériter. Je me croïois
honnête , avant de la connoître , & je
rougis aujourd'hui de ce que j'étois
alors. Il semble qu'elle m'ait fait une
ame , exprès , pour l'aimer. O pouvoir
sacré du penchant qui m'occupe ! O
sentiment d'un cœur exalté ! Enthou-
siasme de l'amour ! Tu rends capable
des efforts les plus pénibles , & des
plus grands sacrifices ! Ne craignez
rien, Baron ; l'époque honorable de
ma vie , est l'instant où j'ai connu
Madame de Senanges. Je me sens digne de lui plaire , & , par ma présomption même , vous pouvez juger
de mon retour à la vertu. Oui, oui ;
je romprai avec le Marquis ; je ne
l'ai cru qu'étourdi ; il est vicieux , j'y
renonce. Adieu, Baron. Excusez le
désordre de ma lettre ! O vous, le mo-

I. Partie.   **K**

déle des amis , ne m'oubliez pas ,
ne m'abandonnez jamais ; je suis hors
d'état d'écouter les conseils ; mais
je crains bien d'avoir besoin de con-
solations.

LETTRE XXXI.

Du Chevalier à Mad. de Senanges.

Ah ! pardon , pardon , Madame , si je vous écris , malgré votre défense. C'est un mouvement involontaire ; c'est le besoin de mon cœur : il m'est impossible d'y résister. Je viens de relire votre derniere lettre. Cette lettre, qui m'a enivré dans l'instant où je l'ai reçue , m'afflige aujourd'hui ; j'en ai recueilli toutes les expressions , ma mémoire les a fidélement retenues ; elle ne contient pas un seul mot qui ne me désespére.

Soïez mon ami , dites-vous ; moi, votre ami ! moi , Madame ! Avez-vous bien songé à cet arrêt , quand votre main l'a tracé ? Mais non, l'ordre vous est échappé , sans le moindre retour, de votre part , sur les peines de l'exécution. Je ne vous ai point assez dit,

à quel excès je vous aime. Vous êtes
l'être céleste que mes desirs ont cherché long-tems, sans pouvoir le trouver. Mon cœur a été distrait, souvent
fatigué, le voilà rempli. Je connois,
comme vous, les charmes de l'amitié;
ses chaînes sont douces, ses jours
tranquilles; mais que l'amonr a de
charmans orages! L'amitié!... Non,
je ne puis, je ne pourrai jamais m'en
contenter; elle est si froide, si paisible! Dans certains momens, la vôtre
même ne me satisfait point; je renonce
au traité, je maudis la raison, j'abjure
ma promesse; ensuite, je me rappelle
vos ordres, & j'expie, par mes remords, la révolte de mes sentimens.

Mais, comment vous entendre
parler, vous voir sourire, sans éprou-
ver ce trouble involontaire, ces impressions délicieuses, dont il est impossible de triompher? Comment se
fait-il que, de jour en jour, je découvre en vous de nouveaux moïens de

plaire, de séduire, d'enchanter ? J'ai détaillé tous vos traits ; chacun d'eux renferme un charme qui lui est propre, que je crois connoître, dont j'emporte l'image en votre absence. Vous revois-je ? mes yeux sont frappés d'une foule d'attraits qu'ils n'avoient pas encore apperçus. C'est dans votre esprit, c'est surtout dans votre ame qu'il faut chercher le secret de votre physionomie.... Dieu ! qu'il seroit doux de l'y trouver !

Cessez, Madame, de me condamner à un sentiment réfléchi, modéré ; ce raïon de la Divinité, cette flamme qui me brûle & m'anime, n'est autre chose que l'amour ; & vous pouvez me l'interdire ! & vous osez le combattre ! Vous redoutez l'abandon de l'objet auquel vous auriez tout sacrifié ! Ah ! cessez de craindre ; vos charmes vous répondent du présent, vos vertus de l'avenir. Si j'étois jamais aimé, si je pouvois en obtenir la douce

certitude , ce bonheur ne feroit que
resserrer mes liens ; il ajouteroit l'i-
vresse de la reconnoissance à l'égare-
ment de l'amour. L'ingratitude la plus
coupable est celle d'un amant, qui s'arme de sa félicité même contre l'objet
auquel il la doit , & devient plus cruel,
à mesure qu'on le rend plus heureux.
Les moindres faveurs d'une femme
qu'on aime , sont des bienfaits inesti-
mables ; & les ames délicates s'enchaî-
nent par les mêmes causes qui déta-
chent celles qui ne le sont pas.

Mais , quel tableau vais-je vous faire ? Peut-être va-t-il exciter votre
courroux ? Encore une fois , pardon ;
j'ai tort de me plaindre , je m'en repens , je m'en accuse. Puisque vous
m'avez permis de vous revoir , je suis
heureux ! Souffrez seulement , que je
vous écrive , & ne me privez point de
vos lettres. C'est , dans le développe-
ment de votre ame honnête , que je
puise le courage nécessaire à la mien-

ne ; vos lettres seules me donneront la force de vous obéir. Je me défends toutes les prétentions de l'amour : ah ! laissez-m'en les soins !

P. S. Non , Madame; malgré votre conseil , je ne reverrai point Madame d'Ercy , j'y suis résolu. Ce n'est pas un sacrifice que je vous fais , vous ne voudriez pas l'accepter ; c'est un devoir que je m'impose. Si vous saviez quelle lettre elle m'a écrite ! . . . Mais , c'est trop long-tems parler d'elle ; je ne veux m'occuper que de vous. . . De grace , répondez - moi , deux lignes, deux mots , un seul ! . . . Je tremble de n'être pas écouté.

LETTRE XXXII.

De Mad. de Senanges au Chevalier.

Oui, Monsieur, c'est un parti pris. Je ne veux plus entendre parler de l'amour, (même du vôtre) je ne le voudrai jamais. Je serois bien fâchée de m'apprivoiser avec lui; je le crains, tous les jours, davantage, & cette crainte, je cherche à l'augmenter. Aidez-moi dans mon projet : cet effort est digne de vous, & je vous promets, en récompense, tous les sentimens de l'amitié. Un moment, ne criez pas à l'injustice. Je ne suis que raisonnable, & je vais vous en donner la preuve. Vous aimez mes lettres, vous le dites au moins : elles vous sont nécessaires; vous y puiserez le courage que j'exige de vous.... Oh! tant mieux; je continuerai de vous

écrire; mais, songez-y, c'est à condi-
tion que vous serez bien courageux.
Plus de lettres, pour peu que votre foiblesse recommence ; voilà qui est dit.
Il ne faut pas vous enlever tout, en un
jour ; & puis, il n'y a point de mal à
causer avec son ami. Je vous prêche-
rai souvent, je vous ennuirai quelquefois , je n'y vois d'inconvénient que
pour vous. Encore un coup, je vous
accorde cet article. N'est-ce pas que
je suis bien bonne ? Trop, peut-être ;
comment se corriger ? Y travailler est
pénible, le succès, incertain ; de-là , le
découragement, état fâcheux , le plus
fâcheux de tous. Je vous tiens parole ;
voilà déja un petit trait de morale ; il
n'est gueres amené, celui-là. Combien de choses inexplicables ! on n'est
pas femme pour rien.

LETTRE XXXIII.

Du Chevalier à Mad. de Senanges.

Vous ne recevez plus le Marquis !
j'étois bien sûr , Madame , que vous
ne le souffririez pas long-tems dans
votre société ; ils ne sont pas dignes
d'y être admis , ces êtres dont la fa-
tuité s'exagére les succès , qui affi-
chent tout , ne méritent rien , & finis-
sent par se faire accroire , ce qu'ils ont
tant d'envie de persuader aux autres.

Je suis loin de penser que des conseils timides, & quelques réflexions de
ma part , vous aient déterminée au
parti que vous venez de prendre.
Vous n'avez besoin que de vous-même , pour vous décider , & l'on n'a
pas plus d'influence sur vos actions
que sur vos sentimens. Quoi qu'il en
soit , & vous me permettrez d'en con-
venir , je jouis de la disgrace du Marquis. Il me désespéroit, lui, son babil,

ses déclarations , & ses bonnes fortunes ! . . . . Il avoit la rage de vous baiser la main : enfin il en va perdre l'habitude.

Quelle étoit donc cette femme , qui
est restée , avant-hier , si long-tems
chez vous ? Elle avoit de l'humeur ,
elle déclamoit contre l'amour ; & vous,
Madame , vous l'écoutiez ! J'abhorre les prudes , & celle-là de pré-
férence. Elle disserte sans cesse , elle
analyse tout ; moi , je n'analyse
rien ; je serois bien fâché d'ana-
lyser le sentiment. Cette femme est
de marbre. Ses calculs sont froids, ils
doivent être faux.

La derniere fois que nous causâmes ensemble , vous m'avez ordonné
d'être moins triste , & je fais ce que je
peux , pour vous obéir ; mais , puis-je
me commander ? . . . Ah ! Madame ,
je ne me reconnois plus ; chaque instant de ma vie est troublé ; le bonheur
de vous voir l'est par la crainte qu'il

ne s'évanouisse, & je redoute, en arrivant chez vous, l'instant cruel où il
faudra vous quitter. Quel déchirement
j'éprouve, quand nous nous séparons!
Avec quel trouble je vous revois!..
Avec quelle émotion je pense à vous!
Ma passion m'égare, elle me rend injuste; vous n'arrêtez les yeux sur personne, que le regard le plus rapide ne
me laisse une inquiétude affreuse.
Vous valez mieux que tout, vous me
tenez lieu de tout, vous m'avez fait
tout oublier!... Hélas! je m'en apperçois; je m'étois promis, pour vous
plaire, de ne vous entretenir que de
choses indifférentes..... Je n'ai pu
vous parler que de mon amour.

LETTRE XXXIV.

*Du Marquis * * * , au Chevalier.*

JE n'entends plus rien ni aux hommes, ni aux femmes. Tu es singulier, au moins, avec les bonnes qualités de ton cœur, & les bizarreries de ta conduite. Je me trouve dans un moment de crise : Poursuivi par une meute aboyante de créanciers, j'ai, pour appaiser le grand feu de ces Messieurs, besoin de trois cens louis; tu me les envoies de la meilleure grace du monde; je te sais gré de l'à-propos, je vais te chercher, & ne te trouve point ; tu m'éludes dans les lieux publics, & il semble que tu affectes d'échapper à ma reconnoissance. T'explique qui voudra. J'ai pourtant d'excellentes choses à te dire. Ma vie est un tissu d'événemens qui se font valoir les uns par les autres, & j'ai peine moi-même à en suivre le fil, tant il se mêle de jour en jour.

Premiérement , je suis chassé de chez Madame de Senanges : cette femme est indéfinissable. Elle te congédie, & me reçoit; elle te rappelle & m'expulse ; il y a , là-dedans , un jeu croisé, une coquetterie étourdissante, qui me piqueroit , sans le prodigieux usage que j'ai de ces galantes révolutions. S'acharner à une femme , c'est le moyen d'en perdre vingt. Ta Mad. de Senanges étoit pourtant ce qu'il me falloit pour le moment ; je cherchois une maîtresse à principes ; j'en avois besoin, pour achever ma célébrité; elle ne veut se prêter à rien , ma gloire ne la touche pas; que veux-tu que j'y fasse ? J'en suis tout consolé ; & tu conviendras , que j'ai de quoi l'être. On m'a mené chez Madame d'Ercy, où j'ai déjà fait des progrès incroïables. Voilà ce qui s'appelle une femme ! Affaires , intrigues amoureuses ,

ruptures, perfidies, elle concilie tout,
fait tout aller ; elle culbuteroit un
Royaume, en cas de besoin. Je l'aime
avec une tendresse peu commune ; &
tout ce que je crains, en la prenant,
c'est qu'il ne soit difficile de la quitter.

Elle a je ne sçais quoi qui retient,
& je passe fort bien une heure avec elle,
sans trop souhaiter d'être ailleurs. Je
ne conçois pas que tu l'aies abandonnée avec autant de courage & de sang-
froid ; c'est un coup de maître que je
t'envie, & je me sens toute la chaleur
de l'émulation.

Elle a vraiment du crédit ; elle promet à tout le monde, ne tient parole
à personne ; raisonne politique, Dieu
sait !

Un de ces matins, elle m'avoit donné rendez-vous chez elle, de très-
bonne heure. J'arrive, on me dit qu'il
n'est pas jour : je parle à ses femmes ;
on m'introduit, &, préliminairement,
on me fait passer par la salle *d'audien-*

ce. Je ne pus m'empêcher de rire, en
la traversant. Elle étoit pleine de gens
de toute espéce. L'un tenoit un Placet,
l'autre, un Mémoire ; on me montra
le Curé de la Paroisse , & à côté du
Prélat, un Histrion de Province , qui
sollicite un ordre de début dans les
rôles de Crispin. A travers cette foule
béante qui attendoit , avec une impatience respectueuse , le réveil de la
Marquise , je pénétre jusqu'au Sanctuaire où elle repose. Je ne connois
point de chambre à coucher plus voluptueuse, d'alcôve plus délicieux ; les
glaces y sont placées avec toute l'in-
telligence d'une femme qui aime à savoir ce qu'elle fait. Tandis que j'admi-
rois le Temple , on en réveille la Dées-
se. Son premier mot est pour gron-
der ; elle souléve ses longues paupié-
res , ouvre les yeux , les referme , les
ouvre encore , m'apperçoit, veut me
quereller, éclate de rire & s'appaise.
Sa cœffure de nuit étoit un peu dé-
rangée

rangée & n'en étoit que mieux ; son
teint me parut animé de ce vif incar-
nat que développent le calme & la fraî-
cheur du sommeil ; les rubans de son
corset flottoient négligemment , &
laissoient mes regards errer sur toutes
les grâces d'un désordre médité. Je
t'avouerai, que sans ses femmes.........
Mais il fallut être décent , en dépit de
moi , & que sais-je ? peut-être en dépit
d'elle.

Après quelques entreprises peu sui-
vies de ma part , & quelques minau-
deries de la sienne ; on fit entrer le
singe & les deux Secrétaires. Chacun
se mit à son poste , le singe sauta sur
le lit, y fit cent gambades , cent im-
pertinences , & pensa me dévisager,
parce qu'il est jaloux. Les Secrétaires
se placerent aux deux côtés du lit :
elle leur dictoit, tour-à-tour, à l'un,
le vaudeville courant & quelques vers
libertins faits par un Abbé ; a l'autre ,
des instructions & des notes pour le

I. Partie.   L

prochain voïage de la Cour ; moi,
j'y ajoutois , de tems en-tems , quelques apostilles. Les Secrétaires rioient
sous cappe , le singe grinçoit des dents,
les femmes de la Marquise bâilloient,
& tout contribuoit à la perfection du
tableau.

Enfin Madame d'Ercy se léve. Par
des mouvemens étudiés , elle me laisse
voir une foule de charmes qu'elle me
supplie de ne pas regarder : & voilà
mon joli Ministre à sa toilette, en pei-
gnoir élégamment rattaché avec des
nœuds couleur de rose. On fait entrer
alors les pauvres aspirans de l'anti-
chambre. Elle dit un mot , jette un
coup d'œil , caresse le Crispin , ne
prend pas garde au Curé , reçoit étour-
diment ce qu'on lui présente , m'ordonne de tirer tous les cordons de
ses sonnettes , demande ses chevaux :
renvoie son monde , s'habille , me
congédie , & part pour V..... où , s'il
faut l'en croire, on ne finit rien sans elle.

Cette description, Chevalier, ne
te donne-t-elle pas des remords ef-
froïables ? Madame d'Ercy est unique. Elle m'a déja procuré des rensei-
gnemens merveilleux, & conseillé je
ne sais combien de petites noirceurs,
qui réellement sont d'un très-grand
prix, par le mouvement qu'elles vont
donner à la société?.. Elle posséde,
au suprême dégré, l'érudition des cer-
cles, manie avec une dextérité rare
le stilet du ridicule, & nous sommes
de force pour bouleverser Paris, à
nous deux, quand la fantaisie nous en
prendra.

Ce qui me déplaît en elle, c'est son
obstination, que rien ne peut vaincre.
Par exemple, elle veut absolument que
j'aie eu Madame de Senanges ; j'ai
beau l'assurer que cela n'est pas, que
j'en serois sûrement instruit; elle prétend que cela est, que cela doit être,
que le contraire est fabuleux, & qu'il
faut, en tout, observer les vraisem-

blances : elle me met dans une fureur!
Si j'avois été bien avec Madame de
Senanges, tu sens, à merveille, que je
ne serois pas assez enfant pour le taire ; je n'aurois pas manqué surtout de
t'en faire part ; ce sont de ces procédés qu'on se doit , entre amis ; mais ,
d'honneur , j'ai échoué , & je l'avoue
avec une sorte de confusion. A Dieu
ne plaise , que je calomnie jamais ce
sexe infortuné , qui n'a de vengeance
que ses pleurs , & auquel sa foiblesse
physique & morale ne laisse pour
toute arme , que la probité des atta-
quants , ou la sensibilité des vain-
queurs!

Au reste , tous ces bruits n'auront
qu'un tems, & Madame de Senanges
ne sera point perdue , pour m'avoir
sur son compte. Tout ce que j'y vois
de fâcheux pour elle , c'est qu'elle en
aura l'étalage , sans en tirer le profit : aussi tu conviendras qu'elle s'est
mal conduite. On lui suppose une tête

vive, c'est le grelot qui attire ; on croit que la folie n'est pas loin, on court, on arrive, & l'on est pris pour dupe.

Adieu, Chevalier : quand te verrai-je? Ne sois point inquiet de ton argent : tu es un ami bien essentiel, & je n'ai garde de l'oublier. Ce souvenir me sera utile, dans plus d'une occasion.

—————————————————————

BILLET

Du Chevalier au Marquis.

VOUS connoissez l'opinion que j'ai de Madame de Senanges. On doit du respect à une femme comme elle, & je regarderois comme des offenses personnelles tous les propos légers que vous tiendriez sur son compte. Je vous supplie d'y faire attention, un peu plus sérieusement qu'à la dette dont vous me parlez, & que j'oublie, jusqu'à ce que vos affaires vous permettent de vous en souvenir.

L iij

LETTRE XXXV.

De Mad. de Senanges au Chevalier.

JE ne vous écris , Monsieur , que pour vous faire part du retour du Maréchal de * * * ; allez le voir, il est prévenu. C'est un homme qui vous servira , sans mettre d'affiche à ses services ; il a beaucoup de franchise , une grandeur vraie , & une ame un peu paladine, dans un siécle où il y a si peu de Chevalerie ! Puisque vous demandez , ne négligez donc pas les démarches pour obtenir : il est indispensable que je me mette à la tête de tout cela , & que j'agisse , à votre défaut ; le voulez-vous bien ? Oh ! oui , vous consentirez que je partage avec Madame d'Ercy le bonheur de vous être utile. J'ai des amis solides ; ils sont peu courtisans , mais fort estimés à la Cour ; ils promettent rarement , mais

tiennent toujours ce qu'ils promettent. Que je serois heureuse s'ils pouvoient réussir ! Il est juste que l'amitié
ait ses jouissances comme l'amour.

Vous avez raison, je n'ai consulté
que moi, en congédiant le Marquis ;
vos réflexions n'ont pu que précipiter
l'effet des miennes. Le Ciel me pré-
serve de me conduire jamais par un
mouvement étranger ! A votre âge,
on peut donner un bon conseil ; mais,
pour une femme, il n'est presque jamais bon de le suivre. Vous m'aviez
conseillée pour vous peut-être ; je n'ai
dû agir que pour moi... Eh ! pouvois-
je recevoir long-tems le Marquis,
après ce que j'en sais & ce que j'en ai
vu ? Ah ! Monsieur, profitez de son
exemple, gardez-vous bien de lui ressembler. Séduire, feindre, tromper,
mentir sans cesse, & mentir, à qui ?
Au cœur qui nous est ouvert, jouir
des larmes qu'on fait répandre, s'ho-
norer de ses perfidies, les compter

L iv

pour des triomphes , associer des êtres dignes d'un meilleur sort aux créatures les plus méprisables ; quels affreux plaisirs ! Et voilà les hommes à qui la plûpart des femmes confient leur bonheur , leur réputation ! Quels hommes ! quelles femmes ! quel monde ! Il faut le fuir , ou du moins le juger.

Eh ! mon Dieu ! quelle belle colere me transporte ! Mais enfin , je n'en suis pas moins sensible à tout ce que vous m'écrivez ; vous ne pensez point comme les monstres dont je parlois tout-à l'heure , j'en suis sûre , & voilà pourquoi je n'ai pas craint de vous mettre de moitié dans mon indignation contr'eux. Vous n'avez qu'un défaut ; c'est de croire que l'amitié ne vaut pas l'amour ; tâchez donc de vous en corriger.

LETTRE XXXVI.

De Mad. de Senanges, au Chevalier.

En rentrant, Monsieur, j'ai trouvé votre nom sur ma liste, & j'ai été sincérement fâchée de ne m'être pas trouvée chez moi pour vous recevoir. A quelle heure êtes-vous donc venu ? J'ai sorti le plus tard que j'ai pu, & je ne sais pourquoi je suis mécontente de ma soirée; je l'ai passée à m'ennuier, à faire les plus tristes visites, hélas! à voir des gens tout aussi fiers d'avoir des échasses, qu'un mérite à eux; & puis des ames foibles à qui cet extérieur en impose; & puis, de petites ames, pour lesquelles c'est tout, & la vertu, rien : la morgue fait pitié, la bassesse indigne.

J'ai été souper dans une maison de deüil ; je croïois trouver des gens tristes.... Je n'en cherchois point d'au-

tres. Ah ! quels cœurs il y a dans le
monde ! Une femme qui vient de perdre sa mere, une mere regrétable, & qui
me disoit à l'oreille ; je n'ai jamais tant
souhaité d'aller au bal, que depuis que
cela m'est impossible. Ah! Madame,
lui ai-je répondu, dites-le bien bas.

Cette femme cependant est liée
avec des prudes, jouit d'une bonne réputation, affiche l'exactitude à ses
devoirs. Qu'on juge encore sur les apparences! J'aimerois mieux qu'elle eût
une tête bien folle : je pardonne
plûtôt des fautes continues de légéreté, qu'un instant de mauvais naturel.

Ne parlez point de cela, je ne le dirai qu'à vous ; je serois bien fâchée de
donner d'elle une idée désavantageu-
se : il est possible aussi qu'elle ne soit
qu'inconsidérée dans ses propos. J'aime à croire tout ce qui justifie, & je
me sens plus que jamais portée à l'indulgence.

LETTRE XXXVII.

De la Marquise d'Ercy, au Marquis de * * *.

Convenez donc, que vous êtes un homme bien odieux. Je vais souper à la délicieuse maison de campagne de Madame * * *, dans l'espérance de vous y rencontrer ; & l'on n'entend pas parler de vous ! C'est le séjour le plus riant, mais la société la plus morne ! J'aurai des vapeurs, pour quinze jours, & vous en serez cause.

Au reste, voici l'histoire de mon voïage. Vous savez, ou vous ne savez pas, que, pour arriver là, il faut passer un bacq ; imaginez-vous, que mes chevaux, par un caprice qui n'a pas laissé que de m'étourdir, vouloient absolument me mener, tout droit, dans la riviere ; ils étoient vraiment mal-intentionnés ce jour-là ; &, com-

me je ne nâge pas bien , j'ai mieux aimé descendre de voiture , pour ne les
pas gêner. Un Charretier bien ivre ,
scandalisé de leur fantaisie , s'est mis
à les fouetter , de toute sa force , par
bon procédé pour moi ; un de mes
gens a attrapé un coup de fouet : il a
battu le Charretier qui a juré de son
mieux , & ce mieux-là , je ne le connoissois pas encore. Nous voilà donc
dans le bacq , avec beaucoup d'humeur les uns contre les autres. Mes
compagnons de voïage étoient des
païsans qui rioient de bon cœur , &
puis , un gros bon-homme , coëffé
d'une perruque rousse , vêtu d'une re-
dingote grise , & monté sur un che-
val étique : le malheureux (c'est
l'homme dont je parle ,) est sourd ,
au point qu'un de ses amis qui cau-
soit avec lui , ne pouvoit s'en faire entendre , quoiqu'on l'entendît de l'autre côté de la riviere. J'oubliois un
Monsieur en habit verd , en parasol

verd , dans un cabriolet verd-pomme,
qui regardoit couler l'eau , d'un
air tout-à-fait attentif. Cet homme
est un sage , ou un amant malheureux,
ou un sot , pour le plus sûr. Il n'a pas
levé les yeux une seule fois. Le plus
beau Ciel , de jolies femmes , tout
cela lui est égal ; il n'en voit rien. J'arrive enfin ; je trouve six femmes faisant un cavagnol. Ces six femmes sont
des siécles : la plus jeune a quarante
ans , & elle se seroit fort bien passé de mon arrivée. Les autres la trai-
toient comme un enfant , & il est doux
d'être grondée , à pareil prix. Etes-
vous assez content de moi ? J'entre
dans des détails , je m'occupe de vous,
voilà qui est tendre , à faire peur !
J'aurois presqu'envie de vous fuir ,
pour m'épargner la peine de vous aimer. D'honneur , vous devenez in-
quiétant pour mon repos : vous avez
des desirs qui ne tiennent point a votre cœur , un cœur qui ne tient à rien ;

ce *décousu*-là me séduit, me donne à
rêver, & finira par me perdre. Et Madame de Senanges, qu'en faites-vous ?
Sérieusement , votre aventure avec
cette femme, vous fait un tort cruel.
vous avez eu le très-petit malheur d'é-
chouer ; mais , au moins, falloit-il
avoir la présence d'esprit de soutenir
le contraire ? Vous n'en avez rien fait ;
voilà qui est criant ! Connoissez-vous
une femme d'un certain genre, qui
voulût se laisser donner un homme , à
qui Madame de Senanges a fait éprou-
ver un dégoût aussi marqué ? Savez-
vous bien que je la hais infiniment ?
Elle a osé être ma rivale ; je ne serai
pas fâchée de la tourmenter un peu ,
le tout pourtant , sans trop d'humeur.
Je veux bien que ma haine puisse
lui nuire ; mais je ne prétends pas
qu'elle m'attriste. Bon soir.

~~~~~~~~~~~~~~~~~~~~

LETTRE XXXVIII.

Du Marquis à Madame d'Ercy.

J'AI été désolé , Madame la Marquise , de ne pouvoir vous accompagner au Château de * * *. J'aime les vieilles femmes , surtout , quand elles jouent. Leurs yeux éteints pour l'amour , se rallument pour la cupidité. Comme elles n'ont plus que ce plaisir-là , elles s'y accrochent avec une sorte de fureur très-aimable. Ne pouvant plus être tendres , elles deviennent méchantes ; & , quand je le peux , ma grande volupté est de les agacer , de les aigrir les unes contre les autres , & de leur procurer , au moins , les sensations dont leur âge est susceptible. J'ai frémi du danger que vous avez couru dans votre voïage , mais bien ri , de la description que vous en faites. Ce Monsieur , qui regardoit la riviere ,

est , sans doute , un amant au désespoir ; il cherchoit à se familiariser avec
sa derniere ressource.

J'ai relu , vingt fois, Madame , l'article important de votre lettre , & j'a-
voue ingénument , que je suis embarrassé pour y répondre. J'en conviens ,
il étoit nécessaire , pour ma réputation , qu'on pût citer Madame de Senanges au nombre des femmes qui
ont eu des bontés pour moi. Le Public m'attendoit-là : je sçais qu'il ne
pardonne rien ; mais il me jugeroit
avec plus d'induigence, s'il s'avoit
que je n'ai jamais eu d'autre idée, en
allant chez elle , & qu'elle ne m'a pas
même donné le tems d'ébranler ses
principes. C'est une femme extraordi-
naire que Madame de Senanges ! On
ne sçait par où la prendre , à moins
que ce ne soit par un sentiment vrai,
& c'est à vous seule qu'il étoit réser-
vé de m'en inspirer un de cette nature.

Eh !

Eh ! quoi, Madame, mon revers auprès d'elle, pourroit faire quelqu'impression sur vous ! Je ne demanderois
pas mieux que d'avoir Madame de Senanges, pour vous en offrir le sacrifice.
Mais, comment reparoître chez elle ?
Oublions-la, ne songeons qu'au sentiment qui nous emporte l'un vers
l'autre ; que tout s'anéantisse à nos
yeux ; & ne soïons que deux dans l'u-
nivers ! Cédez à l'amour, Madame, ne
fût-ce que par coquetterie ; car je
crois qu'il vous sieroit à merveille. Je
tombe à vos pieds, j'y plaide sa cause.
C'est la vôtre, c'est la mienne : j'expire, si vous ne m'écoutez pas. Je suis
avec respect, &c.

I. Partie.

LETTRE XXXIX.

*De Madame de Senanges à Madame * * * *, son amie.*

Chere amie, vous, la dépositaire fidéle de mes sentimens, & la consolation de mes peines ; vous, dans le sein de laquelle j'ai tant de fois caché les larmes que m'arrache encore quelquefois une union respectable, mais détestée ; vous enfin qui lisez dans mon cœur, (peut-être mieux que moi), concevez-vous l'embarras, la contrainte même que j'eus hier avec vous ? Nous causâmes trois heures ensemble ; tout ce que la confiance a d'affectueux, étoit dans vos discours ; j'avois de la tristesse, vous m'en demandiez la cause ; je voulois parler, & je ne sais quoi m'en empêchoit : j'ai pu craindre de vous ouvrir mon ame ! Seroit-elle moins pure ? Ah !

n'allez pas le penser. Qu'est-ce donc qui pése sur mon cœur ? Il redoute un épanchement qui le soulageroit , & des conseils dont il a besoin. . . Non , je ne redoute rien , je vole au-devant des secours & des lumieres de l'amitié. Mon amie, votre morale est douce , mais vos principes sont séveres ; si vous n'étiez qu'indulgente , je vous aimerois autant & ne vous consulterois pas. Je ne sais pourquoi je vous craignois hier : j'aurai plus d'assurance , en vous écrivant ; & vousmême vous pourrez me répondre avec plus de liberté. Deux amies , qui se parlent , ont bien de la peine à se juger.

Vous étiez chez moi, quand le Duc de * * * , me présenta le Chevalier de Versenay. Vous lui trouvâtes de l'agrément , de l'esprit , le meilleur ton, surtout un air de sensibilité préférable à tout le reste. Après cette premiere visite, il continua de me rendre des soins , & j'eus lieu de croire, en le recevant plus souvent, que le premier coup-d'œil ne nous avoit pas trompées. Je me livrois avec plaisir , & sans la moindre défiance , à l'intérêt tout simple que j'éprouvois en sa faveur. Ses attentions , (& il est impossible d'en avoir de plus délicates ,) me flattoient, sans m'inquiéter; j'aimois à le voir ; mais je m'appercevois peu de son absence ; enfin , il m'avoit amenée à une amitié vraie , quand j'appris le genre de ses sentimens pour moi. Moins je pus douter de leur sincérité , plus ils m'affligerent ; la douleur de perdre un ami m'aveugla sur le danger d'écouter un amant. Ses lettres étoient si tendres, si respectueuses, que je me crus obligée de lui répondre; j'y trouvois même une sorte de plaisir, & j'étois loin de me croire coupable, en plaignant un homme honnête que je rendois malheureux. Cette illusion fut courte ; vos avis , ceux du Baron ,

des retours sur moi-même, tout vint
m'effraïer à la fois ; & je pris , quoiqu'à regret, le parti de ne plus voir
le Chevalier. Ma porte lui a été fermée pendant assez long-tems ; il n'a
point cessé , durant cet intervalle ,
de m'écrire des lettres qui n'étoient
que trop faites pour m'attendrir.
Il a choisi , pour rompre avec Mad.
d'Ercy, le moment où je le traitois
le plus mal , & ce procédé, je l'avoue, a
produit en moi une impression, dont
il m'a été impossible de me défendre ;
enfin , me reprochant de le désespé-
rer, persécutée d'ailleurs par ses instances, je me suis examinée , j'ai fait
des réflexions ; elles ne m'ont point
allarmée, & je me suis crue assez forte, pour le revoir. Je vous ai dit que
je ne l'aimois pas , je l'ai écrit au
Baron ; je me le suis persuadé. Vous
aurois-je trompé tous deux ? Me serois-je trompée moi-même ? Hélas !
depuis que le Chevalier revient ici ,

M iij

je ne retrouve pas tout-à-fait le repos
sur lequel j'avois compté. Je suis inquiéte, incertaine, rêveuse; ma conduite m'étonne plus qu'elle ne me
tranquillise. Je blâme son amour, &
je souffre qu'il m'en parle; il m'écrit,
je lui réponds, je projette de le fuir,
& il m'en coûte de passer un jour sans
le voir. Mon amie, mon unique amie,
l'aimerois-je? Voilà ce qu'il m'importe de démêler; voilà ce qu'il faut me
dire, & ce que je tremble d'apprendre.

LETTRE XL.

*De Madame * * * , à Madame de Se-
nanges , son amie.*

Vous voulez que je vous éclaire ,
sur la situation actuelle de votre ame ;
écoutez , & ne vous fâchez pas. Avec
tous les symptômes que vous me donnez , l'éclaircissement ne me paroît
point difficile. Ma charmante amie ,
c'est de l'amour que vous avez ; con-
solez-vous. . . . un malheur n'est pas
un crime ? Je vous assure que , si mon
mari ne me rendoit pas la plus heureuse des femmes, si je ne trouvois
pas , dans le lien sacré qui m'attache
à lui, toute la douceur , toute la vivacité d'une union indépendante , je sen-
tirois peut-être comme une autre, le
besoin d'aimer. La sévérité de mes
principes vient de mon bonheur même , & je dois à quelques réflexions

M iv

sur les foiblesses du cœur , l'indulgence de ma morale.

Oui , vous aimez , je vous le répéte ; mais je ne vous l'apprends pas.
Vous avez trompé le Baron , le Chevalier , moi , & vous ne vous êtes pas
trompée vous- même. Je m'explique.
Votre imagination vous étourdissoit
sur les avertissemens de votre cœur ,
sur cet instinct secret & confus qui
va toujours son train , à l'insu même
de la raison , accoutumée à prendre
ses combats pour des victoires , &
pour des triomphes durables , ses résolutions du moment.

Vous voilà sensible ; il est question
maintenant d'être prudente. Vous
conseiller d'étouffer votre amour , ce
seroit y donner un dégré de plus ; &
ce n'est pas mon intention. Aimez ,
puisque tel est votre destin ; aimez ,
ma chere amie ; mais , si vous le
pouvez , renfermez votre sentiment ;
jouissez-en pour vous , & ne l'érigez

pas en trophée pour celui qui l'a fait
naître. Tout ce qu'à la rigueur, on auroit droit de demander à notre sexe,
c'est de ne pas succomber ; moi, j'exige davantage. Si tous les amans étoient
vraiment ce qu'ils paroissent, je vous
dirois : laissez-vous deviner, & peut-
être vous serez heureuse. Mais, ces
méchans hommes, si ardents quand
ils veulent nous plaire, deviennent si
froids, dit - on, quand ils sont sûrs
d'y avoir réussi, qu'il faut les aimer,
s'il est possible, sans qu'ils en sachent
rien. Je parle pour eux, puisque c'est
un moïen de les rendre toujours aimables ; j'imagine pourtant que, si ce
secret venoit à prendre, ils seroient
bien embarrassés.

N'allez pas croire, d'après un avis
dicté par l'amitié, que j'aie mauvaise
opinion du Chevalier ; au contraire,
il me paroît très-aimable. Son carac-
rère est noble, ouvert ; je le crois susceptible d'un attachement. Chez lui,

les écarts de la jeunesse ont été courts ,
& son retour m'a l'air d'être bien vrai ;
mais , mon amie , je vais au plus sûr.
Une femme honnête n'avoue point
qu'elle aime , sans perdre quelque chose à ses yeux , peut-être même aux
yeux de l'homme , dont les pleurs ont
arraché l'aveu. Elle satisfait son cœur
& compromet sa dignité : c'est un
mauvais compte. Etre estimée , s'es-
timer soi-même , voilà le premier
bonheur. C'est celui que vous connoissez , que vous connoîtrez toujours. Ne vous désespérez pas ;' le
sentiment est l'appanage de notre
sexe , & n'en est point la honte ; mais,
que vous le surmontiez ou qu'il vous
entraîne , vous me trouverez toujours
prête , à vous applaudir de vos efforts,
ou vous plaindre de vos foiblesses.

LETTRE XLI.

De Mad. de Senanges au Chevalier.

J'APPROUVE, Monsieur, votre intimité avec Madame d'Ercy , & le besoin que vous avez de lui dire des secrets au spectacle; cela est tout simple, mais il l'est peut-être moins de m'avoir assuré que vous n'alliez plus chez elle, quand j'ai des preuves du contraire ; quand vous me paroissez plus que jamais attachés l'un à l'autre, & que rien ne vous obligeoit à me le taire. Je n'ai point prétendu vous arracher au bonheur de la voir; je vous y engageois au contraire ; j'étois bien aveugle ! quoi ! je vous donnois des conseils ! je me croïois du pouvoir sur vous ! c'est le premier de mes torts ; il est irréparable. Combien vous avez été embarrassé de mon apparition ! vous ne m'attendiez gueres ! vous ne me

souhaitiez pas. Madame d'Ercy avoit
l'air triomphant , sa gaîté l'embellissoit à vos yeux; ma vue sembloit l'augmenter ; je lui prêtois de nouveaux
charmes ; & vous avez pu ne pas rester
avec elle ! Vous vous en êtes allé , sans
venir dans ma loge ; vous osiez à peine me regarder : ah ! je le crois. On
doit rougir devant l'objet qu'on trompe : le moment qui l'éclaire est la fin
de son estime , & l'on regrette même
le bien qu'on avoit usurpé. Il me faut
donc renoncer à l'opinion que j'avois
de vous , il le faut : je ne croirai plus à
personne. Avec tant d'apparences de
candeur , on peut donc n'être pas un
ami vrai ! . . Vivez heureux avec Madame d'Ercy , & cessez de feindre ce
que vous ne sentîtes jamais. . . . . Mais
dites-moi , quels motifs cruels vous
portoient à me tromper ? Quel prix
de ma confiance ! Que vous avois-je
fait , pour chercher à m'inspirer un
sentiment qui n'étoit point dans votre

cœur, & qui, peut-être... J'eusse été
la plus malheureuse des femmes; voilà
le sort que vous me prépariez ! Combien je m'applaudis, d'avoir eu aujour-
d'hui l'idée d'aller au spectacle ! Je suis
désabusée, il est toujours tems de l'ê-
tre ; pourquoi ne serois-je pas contente ? Je n'ai perdu qu'une erreur.

LETTRE XLII.

Du Chevalier à Mad. de Senanges.

C E S S E Z *de feindre ce que vous ne sentîtes jamais* ; est-ce bien vous, Madame , est-ce vous , qui les avez écrits, ces mots affreux ? Sous quels traits vous me peignez ! Voilà donc tous les progrès que j'avois faits dans votre estime ! Moi ! j'ai conservé quelqu'intimité avec Madame d'Ercy ! vous en avez des preuves ! Oserois-je vous les demander ? Vous avez des preuves , que je la trompe pour vous, que je vous trompe pour elle ; c'est-à-dire, que je suis faux & vil avec vous deux. O Ciel ! & vous le pensez, & vous n'hésitez point à me le dire ! J'ai tout perdu. Une conversation au spectacle , une entrevue importune , voilà sur quoi vous appuïez des soupçons qui m'arrachent le bon-

heur de ma vie. Voulez-vous bien
que je vous raconte l'histoire d'hier ,
comme elle s'est passée ? Daignerez-
vous m'entendre ? Hélas ! daignerez-
vous me croire ?

La toile étoit levée : je passois dans
le corridor , pour aller prendre ma
place : je m'entends appeller , j'ac-
cours, & j'apperçois Madame d'Ercy,
dont je n'avois pas même reconnu la
voix. J'eus beau lui dire , que je voulois
voir la premiere scène , elle me fit entrer dans sa loge , affecta de me parler,
de me dire cent riens qui me tuoient ,
& qu'elle recommençoit toujours.
Sans doute , elle pressentoit votre arrivée ; vous avez paru , mon embarras
a redoublé , aussi-bien que sa joie
cruelle. Vingt fois , je me suis levé
pour sortir ; vingt fois , elle m'a retenu par des instances ironiques, un per-
siflage inhumain, & mille questions dé-
sespérantes, auxquelles il m'étoit impossible de répondre. Que je détes-

tois ses ris immodérés ! que je la dé-
testois elle-même , & moi , plus que
tout , d'être tombé dans une pareille
embuche ! Je craignois de rencontrer
vos regards , je redoutois la jalouse
pénétration des siens ; j'étois au supplice, elle en jouissoit ; & vous , Madame , vous ne vous en doutiez pas.
Enfin , j'ai trouvé l'instant d'échapper
à ma furie ; mais je n'ai pas eu la force
de rester au spectacle. Comment aurois-je osé monter à votre loge ! Je
n'étois que malheureux , & je me
croïois coupable. Quand on aime
comme moi , on se reproche jusqu'aux
hazards qui peuvent déplaire à celle
qu'on aime ; on s'accuse de tout , on
se punit même des apparences ; mais ,
hélas ! le motif de mes atcions vous
échappe; vous les voïez d'un œil sévé-
re , vous les jugez de même. Ah ! si
votre cœur avoit quelque part à votre
lettre, combien me deviendroit précieux tout ce qu'elle renferme ! Combien

bien je chérirois votre courroux , vos allarmes ! Je bénirois jusqu'à mes tourmens , je retrouverois tout dans leur cause , & serois consolé par ce sentiment intérieur qui mêle un charme secret aux pleurs qu'il fait couler. Que ce songe est doux ! mais que le réveil est horrible ! Eh ! quoi ! Madame , vous me défendez jusqu'à votre présence ! vous ne voulez pas même être témoin de mon infortune. Au moins , rendez-moi votre estime ; je meurs , si je ne l'obtiens. J'attends votre réponse ; je la crains ; je la desire : tout se combat en moi. Vous pouvez m'accabler ; mais je vous défie d'enlever jamais rien à mon amour ; il me restera , en dépit de vous , & il sera mon tourment , s'il n'est pas ma consolation.

I. Partie.   N

LETTRE XLIII.

De Mad. de Senanges, au Chevalier.

JE ne croirai plus rien, je ne serai plus injuste. Pardon ! je vous ai soupçonné, je suis bien coupable; mais vous avez souffert , & je suis trop punie. Qu'allez-vous penser de ma lettre ? Que je m'en veux, de l'avoir écrite ! Je commence à détester même l'amitié. . . . Elle est inquiéte, défiante; elle a des défauts que je ne lui connoissois pas. Pour être heureux, il faudroit fuir tout sentiment.

LETTRE XLIV.

De Madame d'Ercy , au Chevalier de Versenay.

N E suis-je pas bien haïssable ? Je vous ai joué un tour sanglant , n'est-il pas vrai ? J'en ai ri de bon cœur. Vous appeller , vous retenir dans ma loge , vous accabler de mon babil indiscret, tandis que la jalousie concentrée de Madame de Senanges figuroit vis-à-vis de nous ! Voilà de ces choses inouies, qu'on ne pardonne pas , contre lesquelles on devroit sévir, comme attentatoires à la liberté des citoyens. Quoi ! vous n'êtes pas plus avancé que cela , dans l'usage du monde & des femmes ! Ce pauvre Chevalier , il étoit d'un embarras , d'une gaucherie ! Vous n'osiez ni regarder , ni parler , ni répondre ; souriois-je , vous frémissiez. Madame de Senanges , qui ne sou-

N ij

rioit point , vous avoit pétrifié d'un
coup-d'œil. Je vous sais gré de cette
candeur tout-à-fait enfantine ; mais,
convenez donc que vous étiez par-
faitement ridicule. Quoi ! vous ne savez pas encore vous tirer de ces inci-
dents-là ! Deux femmes qui se croisent , vous déconcertent , vous anéantissent ! Vous ne savez pas païer d'ef-
fronterie ; vous succombez à la situation, & vous donnez gain de cause à
toutes deux ! Je vous croïois mieux
stilé. Quand on a l'esprit de faire une
infidélité, il faut avoir le courage de
la soutenir. Dans tout ceci, j'ai trouvé le moïen de vous faire jouer le petit
rôle. Vous êtes le volage , je suis l'infortunée ; & c'est moi qui triomphe.
Il ne faut pourtant pas vous désespé-
rer ; je suis bonne , moi , & je veux
bien vous aviser de votre bonheur;
car , sûrement, à la maniere dont vous
saisissez les choses , vous êtes encore
à vous en appercevoir.

Madame de Senanges, dit-on, vous
martyrise par ses lenteurs, son extrême réserve, & sa pudeur, presqu'égale à la vôtre. Eh, bien! cette
petite aventure lui épargnera les transes d'un aveu, & à vous, la peine de
le solliciter ; elle vous aime, à la rage ;
c'est moi, Chevalier, qui vous l'ap-
prens ; vous pouvez vous conduire
en conséquence, & vous rendre aussi
coupable qu'il est en vous de l'être;
je vous réponds de l'impunité. Vous
ne voïez donc rien, depuis que vous aimez cette femme-là ! Vous n'avez donc
point vû son dépit, à travers sa feinte
tranquillité, & malgré son affectation
à ne pas tourner ses regards vers ma
loge ; je ne suis point la dupe de son
petit dédain simulé. Quelle mine elle
faisoit aux Acteurs, comme s'ils eussent été complices de ce qui lui arrivoit ! Je crois même qu'elle a tiré son
flacon !.... Oh ! pour le coup, si
vous tenez à un pareil indice, il vous

plaît d'ignorer à quel point vous êtes
heureux. Eh bien , Chevalier , me
boudez-vous encore ? C'est moi qui
vous procure une lumiere , que vous
auriez peut-être repoussée , par délicatesse. C'est moi qui vous confie
que vous êtes adoré ! C'est-à-dire, que ,
toutes les fois que vous aimerez une
femme , pour savoir ce qu'elle en pense , vous aurez besoin d'être instruit
par une autre. Donnez-moi la préfé-
rence , je vous prie ; vous me la devez,
à tous égards. Vous pourrez juger par
ma lettre , que je ne suis pas courrou-
cée contre vous. Quant à Madame
de Senanges , c'est autre chose ; vous
me permettrez de la haïr , & de le lui
prouver , dans l'occasion. Il faudra
peut-être aussi , que je vous dise pourquoi ; mais je me tairai sur cet article , si vous le voulez bien ; c'est le
seul que j'abandonne au talent rare
que vous avez pour deviner.

LETTRE XLV.

Du Chevalier à Mad. de Senanges.

HIER, dans l'ivresse de ma joie, transporté du billet que je venois de recevoir, je vole chez vous ; vous étiez à votre toilette ; vos cheveux échappés au ruban qui les retient, flottoient en boucles, & tomboient jusqu'à terre. Enhardi par un sourire que vous m'accordiez, pour dissiper entiérement l'impression de mes peines, je vous renouvelle, en tremblant, la priere que je vous fis envain, il y a quelques mois. Vous gardez le silence ; j'insiste ; vous hésitez ; je deviens plus pressant, & vous me dites avec un son de voix enchanteur : *je verrai, Chevalier !* .... Ah ! Madame ! vous m'avez oublié. J'ai tant souffert ! Songez, de grace, à tout le chagrin que vous m'avez donné. Je sens bien vivement le prix de ce que je demande ; & c'est peut - être un titre pour l'obtenir. Hélas ! souvenez-vous de ces mots : *je verrai , Chevalier !* moi , je ne les oublierai de ma vie , pas même après le don. Seriez-vous assez cruelle , pour me refuser? ... Oh ! non ; je crois vous voir sourire encore , & vous acquitter enfin de ce que vos yeux m'ont presque promis.

LETTRE XLVI.

De Mad. de Senanges, au Chevalier.

Non, je ne souris point à votre demande, je n'en ai nulle envie : je l'ai de refuser, d'être plus raisonnable que vous. Quoi ! parce que Monsieur a eu un chagrin d'un moment, vîte il lui faut une consolation ; & de quel genre encore ? Voilà donc comme vous êtes, vous autres ? Vous profitez de vos peines, pour augmenter vos droits. Quand je vous dis que les hommes demandent toujours ! D'abord ce n'est que la permission d'aimer, puis un sentiment, puis un aveu, & il ne seroit pas fait, que peut-être on recommenceroit à se plaindre. Ah ! celle qui a l'imprudence d'écouter, de disputer, de compter sur elle-même, s'expose à bien des dangers ? Je son-

gerai pourtant à ce que. . . . . Non ,
je vous trompe , je n'ai rien promis ; ne comptez sur rien , je vous
le défends. Adieu.

LETTRE XLVII.

Du Chevalier à Mad. de Senanges.

QUE seroit-ce donc, qu'un présent de l'amour, si les dons de l'amitié jettent l'ame dans l'ivresse qui me transporte !

Je la posséde enfin cette tresse, si ardemment désirée ; c'est une conquête que j'ai faite sur votre raison ; & jamais vainqueur n'a été plus fier de son trophée, que je ne le suis du mien. Que dis-je ? ce n'est point de l'orgueil, c'est un sentiment plus doux. Malgré toute ma fierté, je suis encore aussi loin de concevoir de l'espérance, que vous êtes loin de m'en donner..... Nimporte.... ma délicatesse me fournit des moïens de bonheur, & mon cœur est content, si le vôtre les devine..... Que faut-il à l'amant vrai ? Tout, sans

doute , oui , tout ; mais que de riens
consolent & charment pour lui les ri-
gueurs de l'attente ! Que ces riens sont
importants ! Qu'il est infortuné , l'ingrat qui n'en connoît pas le prix ! Est-
il une faveur légere ? en est-il une seule
qui ne soit tout aux yeux d'un amant...
digne de sentir l'amour ? Je les ai bai-
sés , mille fois , ces beaux cheveux,
dont l'amitié m'a fait le sacrifice ! Je
me les représente flottans encore sur
mille charmes , interdits même aux
regards les plus respectueux. . . . Le
cœur me bat ; un feu soudain court
dans mes veines ; je languis ; je brûle...
O délices de l'amour ! ravissements
au-dessus de l'expression humaine !

Croïez-moi , Madame , ce sentiment que vous craignez , est le charme de la vie ; il diminue les peines , il
double les plaisirs, il rend la vertu plus
aimable; c'est le besoin des belles ames;
c'est la source de l'héroïsme ; c'est
l'attrait de toute la nature. Pourquoi

voulez-vous donc contrarier son vœu
le plus doux, & le moins fait pour être
combattu ? Est-ce bien moi qui ose
me plaindre!. aujourd'hui ! dans ce moment. . . . Souveraine absolue de toutes mes affections, quelques pénibles
que soient vos loix, soïez sûre d'être
obéïe. J'ai, dans mon cœur, de quoi
jouir, malgré vous, &, en me défen-
dant d'être heureux, vous ne pouvez
m'empêcher de l'être. A ce soir. Comme les heures où je vous vois sont rapides ! comme elles se traînent dans
votre absence !

BILLET
De Mad. de Senanges, au Chevalier.

On m'attend ; mes chevaux sont mis ; il faut que je parte, & cependant j'écris ! Ce don de l'amitié vous rend heureux, dites-vous, & pourtant ne vous suffit pas ; vous voudriez le tenir d'un sentiment que je crains. Vous voudriez.... que ne voudriez-vous point ? Et moi, moi dont la sévérité se permet trop de choses, (je dis, la sévérité, pour dire comme vous), moi qui vous parois si cruelle, je suis bien mécontente de moi, je le suis... je dois l'être. Mais, vous, Monsieur ; mais vous, comment se peut-il qu'aujourd'hui, vous aïez pu un seul instant vous plaindre ? Vous êtes injuste ! & dans quelle occasion vous l'êtes ! La reconnoissance n'est pas votre vertu.

Adieu ; je n'irai point à l'Opéra ; j'en suis bien aise.... Et pourquoi ? je n'en sais rien.

LETTRE XLVIII.

Du Chevalier à Mad. de Senanges.

*Il vous vient, Madame, une idée assez peu favorable au genre de mes sentimens pour vous ; vous m'en faites part, elle m'afflige ; je le témoigne, parce que je ne sais rien feindre ; &, au lieu de me plaindre d'un chagrin, vous m'accusez d'une bouderie qui seroit un véritable tort. Oh ! vous aurez beau faire ; de ceux-là, je n'en aurai jamais. A vous entendre, je vous ai su mauvais gré d'une franchise de caractère. . . . que j'avois déja devinée ; car il n'y a pas une seule bonne qualité, dont je ne vous soup-

---

* On doit supposer quelques lettres entre celle-ci & la précédente. Ces sortes de lacunes se trouveront quelquefois dans la correspondance de la Vicomtesse & du Chevalier. Les amants détaillent trop, pour que le public veuille bien être le confident de tout ce qu'ils ont à s'écrire.

çonne , & ce que je découvre est
toujours au-dessus de ce que j'imagine.

Vous avez donc juré de vous contraindre , & de fermer votre cœur,
pour que la vérité n'en sorte plus ?
Quel serment ! ah ! Madame ! où sont
donc les inconvénients que vous voïez
à me la dire ? Vous craignez sans
doute , que cela n'ajoute à mon bonheur , & vous aimez mieux avoir une
vertu de moins , que de me donner
un plaisir de plus. Non, non , je n'en
crois rien ; vous êtes trop sensible,
pour tenir long-tems à cette résolution ! Si vous n'avez point d'attrait
vers moi , vous ne ferez jamais de
projet contre ; vous gémirez , au fond
de votre ame , d'un malheur que vous
causerez , malgré vous , & vous me
laisserez le charme de la confiance,
pour me consoler des peines de l'amour. Voilà comme vous êtes ; convenez-en : voilà ce qui me transporte,

ce

ce qui m'enchaîne à vous. Quel seroit votre embarras, s'il vous falloit mettre de l'adresse dans votre conduite, & de l'artifice dans vos discours ! Alors que deviendroient vos grâces, qui sont toutes si naturelles ! Votre physionomie même y perdroit ; elle n'est aussi séduisante, que parce que votre cœur s'y peint, avec toute sa pureté, sa candeur, & sa délicatesse.

LETTRE XLIX.

Du Baron, au Chevaliér.

Rassurez-vous, Chevalier;
je ne m'aviserai plus de combatrre votre amour. J'ai rempli les devoirs de
l'amitié; votre passion résiste à tout;
puisse-t-elle être heureuse ! Je me
contente, à cet égard, de quelques
vœux secrets. Mes conseils rouleront
sur un autre article. Toutes vos lettres sont pleines de belles maximes,
qui annoncent bien plus la préoccu-
pation de votre cœur que la justesse
de vos idées. Vous dédaignez les honneurs, les titres, la fortune ; votre
sentiment vous entraîne & vous aveugle ; son activité est la cause de votre
nonchalance sur le reste : vous ne
voïez que l'ennui des démarches, &
non l'avantage du succès. Un nuage,
que vous avez formé vous-même, s'é-

léve entre vous & la société. Vous
vous déguisez ce qu'elle exige, & vous
affectez du mépris, pour des devoirs,
dont l'importance vous effarouche.
A votre âge, on croit qu'on a tout,
quand on aime. Ah! Chevalier, cette
effervescence dure peu, &, quand elle
cesse, sur quoi s'appuïer, dans le vuide qu'elle laisse après elle, si l'on ne
s'est pas entouré de soutiens qui la
remplacent? Il faut étendre ses rela-
tions, multiplier ses ressources, fournir à sa sensibilité plus d'une sorte
d'aliment, & se ménager, de loin, au
défaut de l'ivresse, des jouissances
pour la raison.

L'amour est l'enchantement de la
jeunesse; l'âge viril dévore l'appas de
la célébrité; servir ses semblables,
assure le bonheur de toute la vie, &
l'étend au-delà de son terme, par les
regrets que laissent, en la quittant,
ceux qui ont rempli ce devoir, le premier de tous. Rien, comme la bienfai-

sance, ne commande à la loi de destruc-
tion portée contre tout ce qui respire.
Un penchant aussi noble développe en
nous , cette vive étincelle qui , du sein
de l'être suprême , a rejailli sur son
image , & l'on reconnoît bientôt , à
la joie intérieure qu'il donne , la pureté
de son origine.

Il est des citoyens, condamnés par
leur naissance, à parcourir une sphè-
re peu étendue. Pour être obscurs, ils
n'en sont pas moins estimables, quand
ils remplissent le rôle qui leur fut assi-
gné; & l'œil qui voit tout , est ouvert
sur leurs actions , comme sur celles
du Monarque qu'ils servent & qui les
ignore. Il en est d'autres qui tiennent,
de plus-près , à la grande chaîne de la
société , qui lui doivent davantage ,
parce qu'elle a plus fait pour eux , &
leurs vertus destinées à l'éclat, sont ,
en quelque sorte, un fonds qu'ils doivent faire valoir , au profit de l'humanité. Mon ami , vous êtes de ce nom-

bre. La brobité désintéressée de vos aïeux ne vous a pas laissé une de ces fortunes immenses, qui rendent suspects les moïens par lesquels elles furent acquises, & presqu'odieux ceux qui en héritent; mais vous tenez d'eux les vrais biens, une succession d'honneurs légitimes, un nom cher à la France, & qui, arrivé sans tache jusqu'à vous, vous impose la noble obligation de le transmettre à l'avenir, dans la même intégrité. Je vous vois entouré de parents peu riches, dont vous êtes déja l'espérance, & dont, un jour, vous pourriez devenir l'appui. Croïez-moi, mon cher Chevalier, on ne refuse pas, sans une sorte de honte, le courage qui demande le prix de la vertu.

On m'écrit, qu'il est question pour vous, d'une place à la Cour, mais que vous ne mettez aucune chaleur à la solliciter. Songez donc, que cette place vous approche de la personne de votre maître , & rougissez de ne pas briguer , avec empressement, tout ce qui peut vous donner des droits à sa confiance.

Seriez-vous, par hazard , dans cette erreur commune , que l'ambition ne se concilie presque jamais avec l'honnêteté ? Si vous y êtes , revenez-en ; & , si elle ne vous a point gagné , ne l'adoptez jamais. Un des malheurs du genre humain , c'est que des hommes dépravés profitent presque toujours du repos de ceux qui sont honnêtes , pour usurper ce qui est dû à ces derniers , & ce qu'ils laissent échapper , par une modestie qui n'est plus une qualité dans l'homme , quand elle nuit à l'activité du citoyen. Au lieu de gémir sur l'abus de la faveur, de pleurer sur la plaie du Gouvernement , que n'agissent-ils ? Une audace noble , des démarches permises , des sollicitations, appuïées par des titres , leur épargneroient des larmes ; à l'état , des mal-

heurs ; & au chef, une injustice qu'il ne
fait , que parce qu'on prend leur masque pour le tromper. Que m'importe
une probité infructueuse & nonchalante , qui se resserre , au lieu de se
répandre ? Elle devient coupable de
tout le mal qu'elle pouvoit empêcher ;
elle est nulle , au moins , tant qu'elle
sommeille ; c'est l'or , au fond de la
mine.

Quand on est dans le cas de parvenir
aux places élevées , quand on y est
porté par les circonstances , comment
ose-t-on les dédaigner ? Peut-on ne se
pas sentir enflammé de l'enthousiasme du bien public , à la vue de ces
postes honorables , qui donnent tant
d'exercice au sentiment de la bienfaisance ? C'est de-là qu'on peut en-
voyer des secours au mérite qui se
cache , qu'on peut tendre la main aux
malheureux , qu'opprime l'autorité
subalterne : c'est de-là que la vérité
part quelquefois, pour aller jusqu'aux

pieds du trône, réveiller la conscience du Prince , & plaider la cause des sujets. Quand je réfléchis à tous ces avantages , je ne conçois pas comment ceux mêmes , qui, par des moyens illicites & bas, franchissent, fi l'on peut le dire , ces hauteurs de la société , n'y respirent point un air nouveau , & ne secouent point, en y arrivant, toutes les passions viles qui les y ont conduits ; comment leur ame, rétrécie par les petites intrigues , ne s'étend point à l'aspect des grands objets ; comment enfin , tout vicieux qu'ils furent , le pouvoir & les occasions de faire le bien, ne les rendent pas à la vertu.

Vous allez me dire que je moralise toujours , & m'objecter ma propre conduite pour réfuter mes raisonnemens : il seroit trop long de vous en détailler tous les motifs : qu'il vous suffise de savoir qu'une indifférence, prétendue philofophique , n'y est jamais entrée pour rien. Si j'eusse été à votre place , si les voies m'eussent été applanies comme à vous , je jouirois aujourd'hui , ou d'une disgrace honorable, ou des services que j'aurois tâché de rendre à mes concitoyens. Tout vous rit , vous n'avez pas même besoin de faire naître les circonstances; je ne vous invite qu'à leur obéir. Allez en avant , mon cher Chevalier. Vous êtes jeune , vous avez une belle ame , je vous crois digne d'être ambitieux. Si l'ambition d'un fcélérat est un fléau pour la société, celle d'un honnête homme doit être un sujet de joie pour tous ceux qui lui ressemblent.

J'aime , dites-vous, & il faut à l'amour un cœur tout entier. Eh bien! agissez pour l'intérêt même de votre sentiment: laissez aux amans ordinaires des soins efféminés , une tendresse oiseuse, une galanterie banale & froide: ou je connois mal Madame de Se-

nanges, où ce fade protocole ne la
touchera point. Offrez-lui dans vous
des qualités que le public estime, des
honneurs qui en soient la récompense;
épurez votre amour, en l'associant
à la gloire; & qu'elle ne puisse le
rejetter, sans s'accuser d'une injustice.

M'avez-vous tenu parole ? Avez-
vous cessé de voir le Marquis ? A
l'égard de Mad. d'Ercy, défiez-vous
en; à force d'être frivoles, ces fem-
mes-là deviennent cruelles. On peut
les prendre sans conséquence ; mais
il faut s'en séparer avec précaution :
comme elles n'ont, pour masquer le
vuide de leur ame, que les hommages
qu'on leur rend, elles ne se consolent
pas d'en perdre un seul ; & il faut plus
de soins alors pour enchaîner leur
amour-propre, qu'il n'en avoit fallu,
pour obtenir des preuves de leur
amour.

Je me souviens qu'autrefois elle

voïoit Senanges , dans quelques mai-
sons ; elle pourroit nuire à la femme
charmante que vous aimez. Je ne cesse
de dire ; mais, vous pardonnerez mes
sermons , en faveur du zele qui les
inspire & les anime.

LETTRE L.

Du Chevalier, au Baron.

O mon guide ! ô mon ami ! cher
Baron , vous ne m'écrivez pas une
seule lettre , que je ne la regarde comme un bienfait. Votre morale m'éleve
& m'enflamme ; elle joint la véhé-
mence qui entraîne à l'attrait qui per-
suade : mais à présent que je suis foible pour m'y rendre , & sur-tout que
je me plais à l'être , tout ne sert qu'à
enfoncer plus avant le trait qui s'attache à mon cœur ; les illusions de mon
amour me sont plus que toutes les
vérités ensemble ; & pour mieux m'enchaîner , il prend les caracteres de
la vertu. Oui , je suis plus vertueux,
depuis que j'adore Madame de Senanges. On ne l'aime point comme on
aime les autres femmes ; & je n'ai plus
de l'amour , l'idée que vous vous en

faites , que peut-être je m'en faisois
moi-même. O sentiment qui les réu-
nis tous ; émanation céleste ; charme
unique des êtres jettés fur ce triste
globe ; seul dédommagement des peines de la vie , je te venge , autant
qu'il est en moi, des attentats de la
raifon , par les impreffions tendres
& profondes que tu me fais éprou-
ver ! Ce font elles que je vous op-
pose , mon cher Baron : si vous
saviez ce qu'un seul regard de Mad.
de Senanges porte de plaisir à mon
cœur , si vous pouviez concevoir l'i-
vresse où je suis , si vous vous rap-
pelliez jusqu'à la volupté des peines
qu'on souffre en aimant , vous envie-
riez mon bonheur , loin de chercher
à le détruire ; & vous avoueriez enfin
que l'homme a tout , quand il idolâtre,
quand il divinise un objet qui lui fait
tout oublier. Que les soins ambitieux
sont froids , pour se mêler à ceux
de l'amour ! Plaire à Madame de Se-

nanges , lui consacrer ma vie , n'exis-
ter que pour elle , voilà ce que je
veux , ce que je désire ; tout le reste
me paroît languissant & importun :
le besoin de briller , de m'aggrandir ,
je ne l'éprouve plus ; je n'ai plus que
celui d'aimer & d'être aimé.

Ah ! croïez-moi, la bienfaisance ne
m'en paroît pas moins le devoir le
plus saint , le plus doux à remplir. Je
fuis digne de goûter les délices qu'elle
promet & qu'elle donne ; mais, pour
être bornée, est-elle anéantie ? N'est-
ce rien que de se rendre digne du
cœur honnête qu'on a choisi , d'é-
purer ses affections pour le mériter ,
d'être vertueux sans témoins pour
l'être davantage , de faire le bien
dans le silence , de ne pas défirer
les regards publics, & de ne jamais
descendre aux bassesses de l'amour-
propre qui détruit le charme des plus
belles actions, en attaquant leur principe. Tous les retours sur soi, sont

autant de larcins à ce qu'on aime.

Cher Baron, ma façon de penser n'est pas si éloignée de la vôtre qu'elle paroît l'être d'abord. Je me disois foible, il n'y a qu'un moment : plus je m'examine, & plus je m'applaudis de mon courage. Que de liens honteux j'ai brisés, depuis que mon cœur s'est rempli d'amour pour Madame de Senanges ! Elle y a réveillé ce tact intelligent & prompt, qui avertit de ce qu'il faut fuir, de ce qu'il faut chercher ; qui repréſente toutes les bienséances, munit contre les séductions dangereuses, & devient une espece de conscience pour toutes les délicateſſes de la sensibilité. Sans cette femme adorable, je languirois encore dans les chaînes de Madame d'Ercy ; j'aurois fini, peut-être, par me vouer à l'intrigue, m'endurcir dans le luxe, & acquérir un triste crédit aux dépens de la considération.

Sans elle je verrois encore le Mar-

quis ; je me serois familiarisé avec
sa morale , & , pour courir après l'é-
clat du moment , j'aurois perdu les
mœurs , le trésor de toute la vie. A
peine l'ai-je connue , j'ai pris en horreur tout ce qui ne lui ressembloit pas;
mes yeux se sont détournés de ce
qui portoit l'affiche de l'indécence &
de la fausseté , pour se reposer sur
les idées de l'honnête & du vrai , les
seules qu'on puisse avoir , quand on
l'approche. J'habite un monde nouveau qu'elle a créé pour moi; & je me
suis estimé davantage , à mesure que
je l'ai plus aimée. Eh bien ! Baron ,
direz-vous encore du mal de l'amour ,
quand il produit de si nobles effets?
Que sont , auprès de ce que je sens ,
les vaines jouissances de l'ambition ?
Vous aviez pourtant trouvé le moïen
de me réconcilier avec elle ; c'étoit
de me la faire envisager comme un
secret de plaire à Madame de Senanges : oui , qu'elle ordonne , qu'elle
ait

ait feulement l'air de défirer; il n'est
rien que je n'entreprenne ; il n'est
point d'élévation où je n'arrive , dans
l'espoir de lui en offrir l'hommage ,
& de lui dire : Vous m'avez fait ce
que je suis; si l'État a un citoyen de
plus , c'eft à vous qu'il le doit : ma
gloire est l'ouvrage de vos charmes ,
& je n'en jouis , que parce qu'elle est
un garant de plus pour mon amour.

J'aime avec un excès. . . . . dont
je ne me croïois pas susceptible. Je
n'imaginois pas que , dans le tumulte
du monde , on pût se recueillir, s'iso-
so'er , être entiérement à un seul objet. Tout ajoute à mes sentimens ,
tout , jusqu'à la comparaison de ceux
qui m'ont effleuré jusqu'ici. A l'instant
peut-être où vous m'écriviez des conseils , cher ami , je m'enivrois de l'espoir de plaire; pouvois-je vous entendre ? devois-je vous écouter ! oui , oui ;
j'ai cru entrevoir un raïon de bonheur. . . . Madame de Senanges ! . . .

I. Partie.   P

je ne puis me résoudre à vous rien cacher; votre ame est un sanctuaire où
je déposerois avec confiance jusqu'aux
foiblesses de la Divinité que j'aime...
Eh bien ! Madame de Senanges. . . .
elle ne sera pas toujours insensible;
quelques conversations , sa tristesse,
quand elle me voit affligé , sa joie
quand mon front est plus serein, les
querelles charmantes qu'elle me fait;
le dirai-je ! des mouvemens de jalousie, me livrent aux plus douces espérances ? O Dieu ! je serois aimé !
je lirois dans ses beaux yeux , l'expression d'un sentiment que j'aurois
inspiré ! Mon cœur tressaille ; tous
mes sens sont agités , & je ne suis plus,
je ne veux plus être qu'à l'amour.

La fin de votre lettre m'a allarmé ;
qu'aurois - je à craindre de Madame
d Ercy ? Elle a connu , dites-vous , M.
de Senanges ; voudroit-elle l'instruire ? . . . O Ciel ! quel soupçon ! avez-
vous pu le former ? puis-je l'avoir

moi-même? Non ; je ne puis prendre
sur moi, de refuser toute vertu à une
femme qui m'a rendu sensible : non,
mon ami, nous nous trompons tous
deux ; je n'envisage aucuns malheurs,
les moindres que je coûterois à Mad.
de Senanges, seroient le terme de
mes jours. Laissez-moi l'aimer, &
croïez qu'un amour comme le mien,
suppose toutes les qualités dignes de
me conserver un ami tel que vous.

LETTRE LI.

De Mad. de Senanges, à Mad. ＊ ＊ ＊
son amie.

M o n amie, quand je vous ai fait
l'aveu de mon sentiment; quand nous
en avons parlé , vous m'avez cru du
courage ; je m'en croïois ; vous étiez
dans l'erreur ; je me trompois moi-
même : lisez dans mon ame ; sachez
tout. Maîtresse encore de mon secret,
je tremble, à chaque instant , qu'il ne
m'échappe ; sa douleur me tue ; il est
malheureux ; il l'est par moi , sans se
plaindre , sans l'avoir mérité ; il m'est
tout, & je l'afflige ! ma situation est
affreuse , je ne sens que ses peines : il
l'ignore , il ne saura jamais que je
donnerois ma vie, pour qu'il fût
heureux : jamais..... Puis-je en répondre ? en aurai-je la force ? en ai-je
bien la volonté ? Ah ! ne me ménagez

point ; faites-moi envisager ce que je
n'apperçois plus qu'au travers d'un
bandeau qui s'épaissit de jour en jour.
Raison, devoir, prudence, tout ce
qui me rassuroit, m'abandonne ; vos
conseils même..... auront-ils assez
de pouvoir ? Mon amie, il n'y eut jamais d'exemple d'un amour comme le
mien ; ma résistance , mes combats
l'ont accru, & ce penchant si doux,
que je n'ai pu vaincre , que rien ne
pourra détruire, que le Ciel condamne peut-être, je dois le renfermer toujours. Eh ! pourquoi ? seroit-ce donc
un crime de dire à l'objet qui en est
digne : je vous aime , je suis trop
vraie pour vous le cacher ? Ma confiance est fondée sur la pureté de mon
sentiment, & sur l'estime que j'ai pour
vous.....

Le Chevalier est si honnête ! oh !
oui, j'en réponds ; je suis sûre de son
cœur, il ne veut qu'être aimé ; il ne
seroit pas heureux , si j'avois un re-

proche à me faire ; & d'ailleurs , s'il
osoit ; si jamais. . . . il cesseroit d'être
dangereux pour moi. La vertu m'est
chere , me l'est , autant que lui ; &
l'ennemi de ma gloire ne m'inspire-
roit que du mépr s.

Combien je l'aime , & que j'aurois
de plaisir à le lui dire ! son bonheur
m'éleveroit au-dessus de moi-même.
Se pourroit-il qu'il me fit perdre quelque chose , dans son opinion ? Concevez-vous ce que je souffre , lorsque
son silence , ses soupirs , ses yeux me
peignent sa tristesse , & qu'il me faut
contraindre jusqu'à l'expression des
miens ? Toujours prête à me trahir ;
toujours craignant d'avoir trop dit , &
plus malheureuse de n'en pas dire assez , mon cœur se déchire , je suis
toute à l'amour , & je lui parle d'amitié ! Il s'en va désespéré , me laisse plus à plaindre que lui , & me
croit insensible ! Ah ! j'avois raison
de redouter le moment où je ces-

serois de l'être. Mon amie , vous
êtes ma seule consolation ; plaignez-
moi ; aimez-moi, ne m'abandonnez
pas.

P iv

LETTRE LII.

De Mad.***, à Mad. de Senanges, son amie.

VOUS avez voulu revoir le Chevalier ; j'avois envie de vous en détourner, j'aurois mieux fait ; l'intention étoit bonne, il falloit la suivre : vous m'auriez approuvée sans doute ; mais les suites peut être eussent été les mêmes. On a beau chasser un amant destiné à plaire, je ne sais comment il arrive, qu'il revient toujours ; &, une fois revenu, il a des droits d'autant plus solides, qu'on avoit fait plus d'entreprises contre lui. Toutes ces contrariétés viennent de l'étoile ; chacun a la sienne, qu'il est impossible de vaincre tout-a-fait ; mais, si le sentiment est involontaire & forcé, la conduite dépend de nous, & la cause qui influe sur toutes les autres, nous laisse

maîtresses des effets. Ainsi ne vous
désespérez pas : ce maudit Chevalier
n'est pas si avancé qu'il le croiroit bien.
Autre chose est d'aimer, ou de succomber à l'amour : vous ne pouvez empêcher l'un ; mais vous pouvez très-tôt
vous dispenser de l'autre. Les êtres qui
n'ont à se défendre de rien , plus heureux , sont moins estimables ; & la
lutte du cœur contre une impression
chérie , annonce des qualités incom-
patibles avec le calme de l'indifférence. Mon amie , vous voilà au moment
d'une action décisive ; puisez dans
la conviction même de votre foiblesse , le courage nécessaire pour en
triompher. Le Chevalier vous attaque
d'un côté , l'étoile agit de l'autre ; dé-
routez-les tous deux. Prouvez-leur ,
que , dans une ame attachée à ses devoirs , l'honneur seul peut résister à
leurs forces réunies , & que la fatalité
même n'a point de prise sur la vertu.

Croïez-moi , l'agitation de l'amour

épure, à la fin, le cœur qu'elle a bou-
leversé; je l'imagine au moins. Pour
connoître ses forces , pour en jouir
avec confiance , il faut avoir trouvé
des occasions de les exercer , & le
Port n'est doux, qu'après tous les risques de la tempête.

Ainsi, je vous répéte, non pas d'é-
touffer votre amour, mais de le renfermer. Vous me remercierez , à chaque effort que vous coûtera cette contrainte, & l'orgueil d'un pareil sacrifice, vaudra bien pour vous le plaisir
d'avoir cédé.

Je viens de relire votre lettre , elle
me décourage. C'est l'épanchement
de l'ame la plus tendre & la moins
disposée à combattre le sentiment qui
la remplit. Mon amie , ma chere
amie , profitez du moment qui vous
reste; vous avez juré à un homme de
n'être qu'à lui , mais c'est le Ciel qui a
reçu le serment , c'est l'amitié qui vous
le rappelle , & votre gloire qui le ré-

clame. Arrêtez-vous un instant, sur
le bord de l'abîme , & voïez-en la pro-
fondeur : rejettez-vous en arriere , il
en est tems encore. Mes bras sont ouverts pour vous recevoir , & mon
cœur est prêt à recueillir vos larmes :
les pleurs sont bien moins amers ,
quand ce n'est pas le déshonneur qui
les fait couler. Songez à vous , &
comptez sur votre amie.

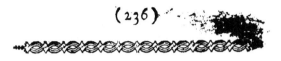

BILLET

De Mad. de Senanges , à son amie.

Mes pleurs coulent , & je mérite à
peine qu'ils s'épanchent dans votre
sein. J'aime, & je n'ai plus la force de
le cacher. . . . J'aime. . . ô mon amie !
ce seul mot m'épouvante , & mon ef-
froi ne me garantit de rien. Vous voulez que je renferme mon amour. Hélas !
il n'est plus tems. Il paroît dans mes
regards , mes discours le respirent ,
mon silence le trahit ; encore une fois ,
il n'est plus tems.... tout ce que je puis
vous promettre , c'est d'ennoblir ma
foiblesse ; vous m'estimerez , & je n'aurai pas tout perdu.

LETTRE LIII.

De Mad. de Senanges, au Chevalier.

AH ! que vous me causez de chagrin, & que je serois fâchée cependant de ne vous pas connoître ! Le
présent me trouble, l'avenir m'allarme ; &, malgré votre délicatesse, vos
sermens & ma confiance, si j'étois
prudente, je ne vous verrois plus :
mais hélas ! il m'est si nécessaire, si
doux de vous voir ! Tout ce qui m'a-
musoit, m'importune aujourd'hui :
d'où vient donc ce changement ? Je
veux l'ignorer toujours ; je ne veux
jamais que vous le sachiez : pourtant
ne croyez pas que ce soit ce que je
redoute, ce que je n'ai jamais senti.
Je n'y conçois rien. Craindre le danger, & n'avoir pas le courage de s'y
soustraire ! Peut-on être plus foible,
plus inconséquente ? Oui, je le suis,

ah ! que n'ai-je plus ou moins de raison ? Quoi ! ne pouvoir ni éviter, ni
vaincre ce qu'on ne cesse de combattre , & n'avoir à espérer , pour prix
de ses combats , qu'une victoire
testée ! Le malheur , ou des torts ,
quelle perspective ! Le désordre
de mon ame est extrême ; ne l'au-
gmentez pas , je vous en conjure : au
nom de votre amour ; au nom de l'a-
mitié la plus tendre , d'une amitié....
comme il n'en fut jamais, plaignez-
moi ; mais ne vous plaignez pas de
moi. Nous ne nous voyons que des
instans ; croïez-vous être le seul à
vous en appercevoir ? La vie que je
méne me déplaît ; elle ne m'a pas toujours déplu, j'étois tranquille alors ,
& me croïois heureuse. Actuellement,
je ne sais plus ce que je suis ; . . . Je
tremble de le savoir ; je tremble surtout , que vous ne deviniez.... ce qui
n'est pas.

❂

LETTRE LIV.

De Mad. de Senanges, au Chevalier.

IL est vrai, je suis triste; ne m'en
demandez point la cause; je serois au
désespoir s'il vous arrivoit de la pénétrer. Je forme des projets contre
vous, contre moi, & je n'en exécute
aucun. Je ne suis plus la même; cette
froideur, dont peut-être j'étois vaine,
s'il falloit la perdre! Comment fuir,
comment le pouvoir, comment même le souhaiter? Pourquoi vous êtes-
vous attaché à moi? Tout autre ne
m'eût pas inquiétée.

Si vous étiez, comme nous, asservi
à des loix cruelles, vous ne me de-
manderiez point d'où peuvent naître
mes allarmes; &, si vous ne preniez
pas le repos pour le bonheur, vous
tiendriez, du moins à cet abri des

peines les plus sensibles ; le charme
de l'indépendance , qui est une chimere peut-être , mais toujours celle
d'une ame haute, la force des préjugés , la tyrannie du devoir; tout vous
armeroit , si rien ne pouvoit vous défendre , & tant d'efforts , toujours
douloureux , quelquefois inutiles , dé-
chireroient votre cœur. Oui , je le
répéte ; vous concevriez alors combien doit être affreuse la position de
celles qui doivent , qui veulent se vaincre , & se reprochent un combat affligeant pour deux personnes à la
fois.

J'ai remené , ce soir , le vieux Duc
de * * * , votre parent; il vouloit absolument que je le chargeasse de quelque chose pour vous : eh ! que lui
aurois-je dit ? Si j'aimois , malgré moi,
je le cacherois à vous , à moi , à toute
la nature ; je renfermerois , du moins,
ce que je ne pourrois détruire ; je
souffrirois de vos peines , je chérirois
peut-être

peut-être le principe des miennes ; je
serois bien à plaindre !

Je me sens , depuis quelques jours ,
d'une mélancolie qui m'effraïe ; j'évite
le monde, je redoute la solitude ; plus
on est seule quelquefois, & moins on
est seule. Je me crains plus que tout :
mais j'ai beau me fuir, c'est moi que
je retrouve par-tout. Ah ! que j'étois
différente, quand je n'aimois que mes
amis ! Je les aime toujours ; je suis
encore heureuse ; je suis. . . . Oui, je suis
fort tranquille.

I. Partie.   Q

LETTRE LV.

Du Chevalier, à Mad. de Senanges.

SI vous aimiez, vous le cacheriez à moi, à vous, à toute la nature.... Eh ! Madame, d'où peut naître cette réfolution ? Je connois les bienséances, les préjugés qui captivent un sexe dont vous êtes l'ornement; mais je connois encore mieux les droits d'un amour honnête, & je sais que rien au monde ne balance l'attrait d'un cœur courageux, qui veut jouir de lui-même en se donnant, & qui se donne en dépit de l'univers. Hélas ! que vais-je vous dire ? ... Eft-ce de l'amitié, de la froide amitié, qu'on exige de pareils sacrifices? ... Vous craignez.... Ah ! soyez tranquille ; vous n'aimez pas. L'amour, je le sens trop, ne craint rien que de n'être point partagé.

Qu'eſt-ce donc qui vous arrête ?
Si jamais je parviens à vous inspirer
quelque retour, reposez-vous sur moi
pour envelopper mon bonheur de
cette ombre qui en eſt le charme : je
voudrois vous dérober à tous les regards, borner mon existence à vous,
la concentrer dans mon amour, &
l'anéantir pour le reste. Vains sou-
haits ! Vous vous plaisez à me voir
malheureux ; les soupirs qui échappent à mon cœur n'arrivent pas jusqu'au vôtre ; & ce que vos lettres sem-
blent quelquefois me faire entrevoir,
eſt bientôt détruit par vos discours.
Je ne puis plus suffire à ce que je souffre. Ah ! Madame , ajoutez à mes
maux , ou daignez les terminer.

LETTRE LVI.

De Mad. de Senanges, au Chevalier.

J'ai resté, depuis l'instant où vous êtes sorti, immobile à la place où vous m'avez laissée : je n'ai rien pensé, rien senti. Je retrouve enfin des forces & je les employe à vous écrire. Eh bien ! Monsieur, il est dit ce mot ! vous me l'avez arraché.... Applaudissez-vous de votre ouvrage ; jouissez de ma peine, soyez heureux, si on peut l'être quand on vient d'affliger ce qu'on aime. Mais que vous faisoit l'aveu que je ne voulois, que je ne devois jamais laisser échapper ? Ne m'aviez-vous pas devinée ? Me conduisois-je avec vous comme si j'eusse été indifférente ? & n'étois-je pas assez enchaînée par mon sentiment ? Que ne me laissiez-vous l'espoir peut-être insensé, mais conso-

Tant d'être maîtresse de mon secret ,
& sur-tout l'orgueil de n'avoir rien
à me reprocher. Vanterez-vous encore
mon courage, ma raison, ce que j'a-
vois, ce que je n'ai plus ? J'ai trop
compté sur mes forces. Des combats
pénibles , une résistance coûteuse, votre douleur, vos plaintes, votre injustice, tout ce qui vous accuse , en un
mot , tout vous a servi. Je vous ai aimé malgré moi, je vous l'ai dit malgré tout , & mon repentir ne peut
changer mon cœur... C'en est fait , ils
sont finis pour moi ces jours tranquilles , où je n'avois rien à cacher , où je
n'avois besoin de la discrétion de personne. J'étois calme, exempte de crainte , ainsi que de remords , & rien aujourd'hui , rien ne peut me rendre à
la douceur de cet état. Que mon ame
est agitée ! quel pouvoir vous avez
sur elle , puisque vous l'avez emporté
sur tant d'efforts ! puisque cette ame
que vous venez de déchirer est entié-

rement à vous ! Cependant n'espérez pas de moi d'au res foiblesses ; je vous fuirois au bout du monde : je vous fuirois , n'en doutez pas , si vous exigiez la moindre preuve de ce que j'ai eu tant de peine à vous cacher Ah ! pourquoi vous l'ai-je dit ? je crains de descendre en moi-même ; je crains tous les yeux , surtout les vôtres ; & je me punirois d'une foiblesse , qui pourtant me seroit chere , si vous me juriez qu'elle suffira toujours à votre bonheur.

LETTRE LVII.

Du Chevalier, à Mad. de Senanges.

O la plus adorable , la plus aimée
des femmes , la plus digne de l'être !
Mon ivresse est au comble ! vous
m'aimez, je vous idolâtre & vous pleu-
rez ! Ah Dieu ! vous n'osez , dites-
vous , descendre en vous-même ; vous
craignez de lever les yeux sur moi.
Non, ne redoutez point votre cœur ;
vous y retrouverez encore la gloire
que vous croïez avoir perdue. L'honneur dans une ame tendre , délicate &
passionnée, survivroit. ... même à la
défaite. Votre réputation est un dépôt
que vous m'avez confié; il est sacré
pour moi , il le sera toujours. Que
demain votre réveil soit calme ! Soïez
fiere d'avoir vaincu un préjugé barbare qui n'est point la vertu , qui n'en
est que le masque. Le crime dont vous

Q iv

vous accusez n'existe que dans votre
imagination ardente & encore éton-
née. Vous coupable ! vous ! si vous
croïez l'être, je le suis donc bien davantage. Ecartons ces idées, ne ré-
pandons point d'amertume sur des
instans délicieux. . . Que ne suis-je
le témoin de votre repos ! que ne puis-
je attendre votre réveil, m'offrir le
premier à vos regards, y trouver l'expression de l'amour & non du repentir ! Pour moi, je n'ai point fermé
l'œil ; mais quelle ravissante insom-
nie ! quelle voluptueuse agitation ! Je
me croïois dans un monde nouveau,
je me suis recueilli dans mon bonheur,
je m'en suis rendu compte. Tous les
sentimens que le Ciel nous donne pour
charmer & embellir la vie, se dispu-
toient mon cœur ; la plus tendre, la
plus douce, la plus pure des illusions
me reportoit à vos pieds : je croïois
encore vous parler, vous entendre, serrer votre main, fixer sur

vous des yeux brûlants d'amour ,
& j'étois bien aise de tenir mon
ame éveillée , pour la reposer plus
long-tems sur l'image de mes plaisirs.
O vous qui êtes tout pour moi , ma
maîtresse , mon amie , cessez de pleurer , de rougir ; ne sachez qu'aimer.

LETTRE LVIII.

Du Chevalier , à Mad. de Senanges.

VOTRE mélancolie , dites-vous ,
est le seul bien qui vous reste. Eh !
n'est-ce rien que d'aimer , que de jouir
du bonheur de ce qu'on aime ! . . tout
le mien s'évanouit , si vous n'êtes pas
heureuse. . . Je ne la puis souffrir cette
importune tristesse où vous semblez
vous complaire , je hais le repentir qui
vous y attache , je hais le charme que
vous y trouvez peut-être , & cette révolte du cœur contre un aveu que la
bouche seule a prononcé... Vous voulez donc que je pleure une victoire,
hélas ! trop incertaine , que je gémisse
de vos bienfaits , & que j'essuïe vos
larmes , quand votre main a séché
les miennes ? Non , l'impression que
vous éprouvez est involontaire. C'est
une inquiétude vague , produite en

vous par une habitude d'indifférence
que vous preniez pour le bien suprême , & dont la perte vous afflige , sans que vous sachiez même
ce que vous regrettez. Ah ! l'amour,
l'amour le plus vrai dissipera ces
nuages , il parviendra sans doute à
vous tenir lieu de la tranquillité froide
que vous avez perdue. Ne me dites
plus , ne me dites jamais que vos
peines sont mon ouvrage. Ne mêlez
point à la douce expression de la
tendresse , l'amertume des reproches
les plus sensibles. Si vous souffrez par
moi, eh ! quels sont donc , je le répéte , quels sont les plaisirs que vous
me supposez ? Croyez-vous qu'il me
fut possible de m'isoler dans la possession d'un bien , qui pour être senti , goûté , digne de nous, exige l'ac-
cord des volontés , des ames , & cette
ivresse mutuelle sans laquelle l'amour
n'est qu'une chimère , une erreur des
sens , une imposture qui promet tout,

& ne donne rien aux malheureux qu'elle
a trompés ! Idole de ma vie , vous par
qui je respire , vous l'ame de mon ame ,
reprenez votre sérénité. Vos inquiétudes me désesperent , vos regrets m'humilient. Donnez-moi votre confiance,
c'est tout ce que mon amour ose exiger du vôtre.

LETTRE LIX.

De Mad. de Senanges, au Chevalier.

C E repentir qui vous blesse & qui
me tue, hé bien, je sens qu'il m'attache encore plus fortement à vous.
Pardonnez-moi mes peines, & mes
craintes & mes reproches. Souffrez
que je me plaigne à vous de vous aimer trop. Souffrez les derniers efforts
d'une cruelle & impuissante raison qui
n'agit sur moi, que pour me déchirer. Ah! laissez-moi jusqu'à mon chagrin; d'ailleurs je suis plus tranquille
depuis tout ce que vous m'avez promis... Je vous en rends grace, &
pourtant vous en êtes plus dangereux
pour moi. N'abusez pas de ma reconnoissance, n'en abusez jamais; c'est
à vous que je veux tout devoir. Je
compte sur vous bien plus que sur
moi-même. Votre honnêteté, ma con-

fiance, mon amour, je dirois presque ma foiblesse, tout vous lie, & ce lien qui seroit sans pouvoir sur la plûpart des hommes, aura des droits sur vous.

Je reçois votre lettre à l'instant.... que j'en suis mécontente ! Pourquoi cette affectation à me parler sans cesse d'un autre que vous. On m'accuse, je le sais, d'avoir aimé le Prince de ✱✱✱; je ne me justifie point d'une telle calomnie; sa passion fut vraie, & mon indifférence connue. Cette inquiétude, ce premier avertissement de l'ame, l'émotion, le trouble qui effrayent & charment la mienne, c'est vous, mon cher Chevalier, vous seul qui me les avez fait connoître; aimez votre ouvrage.... mais non, vous soupçonnez ma tendresse; ah ! que j'aurois bien le droit de ne pas croire à la vôtre ! & j'ai pu céder a l'amour, j'ai pu l'écouter cet amour qui rend injuste, qui fait qu'on a du chagrin, & qu'on en donne !... C est un Dieu, dit-on , un Dieu ! lui ! il n'en a que le pouvoir , il n'en a pas la bonté. Je le jure à ses pieds, où je ne voulois jamais être ; j'y vais en révoltée , & j'y prends des chaînes nouvelles. Douce & respectable amitié , quand vous remplissiez mon cœur , quand vous lui suffisiez, la défiance n'y trouvoit point de place. Aujourd'hui , j'ai des torts, des allarmes , même des soupçons. . . mon état est bien changé !

LETTRE LX.

Du Chevalier, à Mad. de Senanges.

Oui, ma belle maîtresse , oui, l'amour est un Dieu ; je n'ai qu'à vous regarder , pour le croire , & m'interroger pour le sentir. Quoi ! cette inquiétude , ce premier avertissement de l'ame , ces émotions , ce trouble que vous peignez avec des couleurs si vraies, je suis le premier , je suis le seul qui les ai fait naître en vous !... Je jette des regards de dédain sur tout ce qui m'environne , & je sens, pour la premiere fois, que l'orgueil peut être un plaisir. Je n'ai plus d'inquiétude , je n'en eus jamais. Je connois , je respecte votre vertu ; ce qui séduit tant de femmes , ce qui les éblouit , les mouvemens de vanité qu'elles prennent si souvent pour de l'amour ne pouvoient agir sur vous ; non, vous
n'êtes

n'êtes point susceptible de ces presti-
ges qui fascinent la raison, étourdissent sur les risques, & nuisent presque toujours, sans intéresser jamais ;
c'est un cœur qu'il falloit au vôtre. L'a-
mant honnête & sensible que vous avez
daigné choisir, veut se croire supérieur à tout, puisque vous l'avez pré-
féré.

I. Partie.   R

LETTRE LXI.

Du Chevalier, à Mad. de Senanges.

HIER, je ne vous ai vue qu'un instant ; aujourd'hui , je ne vous verrai pas , ou du moins , ce ne sera
qu'avec tout le monde : demain, le
spectacle ; après demain , une autre
distraction. Ah ! Dieu ! comment ne
haïssez-vous pas ce tourbillon qui
vous enléve à moi, vous étourdit sans
vous plaire , vous emporte sans vous
fixer, n'occupe que votre tête, & laisse au fond de votre cœur un vuide
que vous sentez, sans vouloir le remplir ? Se donner ! se donner à ce qu'on
aime ! que trouvez-vous donc, là , de
si effrayant ? . . . Ah ! cruelle , si le
mot vous fait peur, que le sentiment
vous rassure : il donne des forces contre le préjugé, il écarte les défiances,
il détruit, par un charme secret, tou-

tes les subtilités de la raison, de cette froide raison qui ne vaut pas l'instinct aveugle d'un cœur tendre.

Cependant , vos craintes me sont cheres ; j'aime jusqu'à vos allarmes. Elles me confirment ce que j'avois toujours pensé ; elles constatent l'aveu le plus charmant que vous aïez pu me faire. Non, si vous aviez aimé , vous ne redouteriez pas tant d'aimer encore. Le premier pas enhardit au second ; les scrupules, qui se sont épuisés dans les efforts d'une premiere résistance, ne se renouvellent que foiblement , à une autre attaque : vous auriez moins de courage , si vous connoissiez mieux le plaisir de succomber.... C'est pour moi , pour moi seul , que vous cessez d'être indifférente ! c'est moi qui fis éclore votre sensibilité ! cette idée m'enivre. Que l'inexpérience du cœur est précieuse , dans la femme qu'on aime !

Avez-vous songé à ce que vous me

promîtes, hier ? Pourrai-je enfin vous voir, sans craindre les témoins, toujours importuns, souvent indiscrets, & qui m'arrachent les plus doux instans de ma vie ?

Une seule chose peut adoucir mes peines, je me soumets à tout , mais j'ose.... oui , j'ose exiger votre portrait, pour prix de mes sacrifices. Il me consolera du moins en votre absence ; mes yeux qui n'arrêtent sur vous que des regards timides, pourront à loisir se reposer sur votre image ; elle ne sera point , comme vous , armée d'une raison cruelle ; je pourrai lui peindre mes desirs , la couvrir de baisers, la tremper de larmes, sans craindre de voir repousser ou mes caresses, ou mes soupirs. Si vous me refusez, je doute de votre amour , & tout finit pour moi.

LETTRE LXII.

De Mad. de Senanges, au Chevalier.

Douter que je l'aime ! lui, en
douter ! m'envier jusqu'à un reste de
raison qui m'a si mal défendue ! Homme injuste !... non, vous ne méritez pas cet abandon de l'ame que vous
comptez pour rien ; la mienne est à
vous, elle n'est plus a moi ; j'aime à
vous la laisser toute entiere, & vous
vous plaignez ! J'ai beau détester la
contrainte à laquelle je suis assujettie,
regarder comme anéantis pour moi
tous les momens que je passe loin de
vous ; vous ajoutez vos reproches à
mes privations ! elles ne sont pour
vous que des raisons pour craindre,
des titres pour douter, & non des
motifs d'aimer mieux. Vous qui êtes
si honnête, vous qui avez toutes les
vertus, excepté une seule, qu'encore

il vous est permis de ne point avoir ;
aïez pitié de mon désordre , rendez-
moi, s'il se peut , à mes devoirs ; & ,
puisqu'il n'est plus tems de fuir, puisque je ne le peux plus , que je ne le
veux plus , soïez généreux , soïez digne d'un amour souvent contraint ,
toujours combattu, & dont je crains
l'excès. Ne m'accusez point de froideur , n'ébranlez pas une résolution
qui ne me coûte que trop. Sûr d'être
aimé , sûr de l'être plus tendrement
que je n'ose vous le dire, n'arrachez
pas à ma tendresse, ce qu'on refuse
avec douleur ; mais ce qu'on n'accorde pas sans crime. Je vous implore
pour moi contre vous-même.... hélas !
contre tous deux. Non , jamais , jamais je ne risquerai de perdre le seul
bien qui m'attache à la vie, l'estime de
ce que j'aime ; cette crainte suffiroit ,
pour me rendre malheureuse : voudriez-vous que je le fusse ? Si quelque chose peut réparer mes torts ,

c'est le courage de n'en avoir pas de
plus grands. Vivre pour vous aimer ,
vous en donner à chaque instant des
preuves innocentes , en chercher, en
inventer de nouvelles , voilà tout ce
que je puis vous promettre , & ce qui
doit vous satisfaire. Dites ; si vous
aviez le pouvoir de former un être
pour votre bonheur , lui donneriez-
vous des émotions qui tiendroient
seulement à sa maniere d'être organi-
sé? Seriez-vous assez peu délicat, pour
les préférer à celles dont l'amour seroit le créateur, qui sont l'ouvrage de
l'amant, qu'il fait naître , qu'il développe, qui seroient ignorées sans lui ,
qui existent par lui, & n'existent que
pour lui ?...

P. S. Avez-vous bien songé à l'importance de la demande que vous me
faites ? Mais vous serez malheureux ,
si je vous refuse ; je suis bien embar-
rassée !

LETTRE LXII.

De Mad. de Senanges, au Chevalier.

DIREZ-VOUS encore, que je ne
songe pas à vous ? Eh bien ! oui, la
voila cette copie d'une prétendue Sil-
philde , dont le courage vous paroît
surnaturel , mais dont le cœur est
bien foible ! Puissiez-vous en être content ! puissiez-vous attacher assez de
prix au don que je vous fais , pour
n'en plus désirer d'autre ! Ah ! du
moins , que ce présent de l'amour le
plus tendre, vous prouve, à quel point
vous m'êtes cher , & l'excès de ma
confiance & l'abandon de tout ce qui
peut s'accorder sans remords. Je vous
aime, je vous le dis, je vous écris sans
cesse, je vous donne mon portrait ;
enfin je n'ai que des reproches à me
faire , & je m'applaudis : hélas ! De
quoi ? de n'avoir pas les plus grands

torts ; il se réduit à cela , ce courage
qui vous chagrine , vous étonne , me
coûte, & qui, mieux apprécié, ne seroit
que de la foiblesse. Ah ! dites-moi ,
que vous serez assez reconnoissant ,
pour ne rien exiger ; mais , jamais
rien. Mon Dieu ! les prieres d'un
amant qui est aimé , qui l'est comme
vous l'êtes, ne sont que de la tyrannie.
Rassurez-moi ; que toute entiere au
plaisir de vous voir, je n'aie plus d'ef-
froi ! Que mon image , en vous rap-
pellant le sentiment qui m'attache à
vous , n'en soit pas la preuve , sans
être ma sûreté ! Je passe ma vie à craindre ce qui feroit votre bonheur , à me
reprocher ce que je sens , à vouloir ce
que je dois , à souhaiter peut-être le
contraire. Sont-ce là les douceurs
que vous m'aviez promises ? Aimez ,
disiez-vous , & nous serons heureux :
moi, heureuse ! ah ! oui , si vous l'è-
tes ; oui , si votre amour est aussi tendre, aussi vrai qu'il le paroît ; &, quoi-

qu'il m'ait ôté le repos , le calme , tout
ce qui me fut précieux , je ne regrette
rien , pas même la liberté à laquelle je
tenois tant , & que j'ai perdue sans retour.

LETTRE LXIV.

Du Chevalier, à Mad. de Senanges.

Veillai-je ? est-il bien vrai ? c'est elle ! la voilà, cette image adorée, ce trésor que mon cœur attendoit, ce gage sans prix d'un amour qui fait tout mon bonheur !... Hélas ! combien le Peintre est resté au-dessous de son modéle ! Ce sont quelques-uns de vos traits ; mais, votre ame, où est-elle ? où est l'expression, la vie ? Ah ! que le pinceau est impuissant, pour rendre ces graces mystérieuses, que l'esprit donne, que l'imagination multiplie, & que perfectionne la sensibilité ! Je vous tiens, & je vous cherche encore ! n'importe, ce qui manque au portrait, mon cœur l'ajoûte.

Puissiez-vous, (c'est vous qui parlez,) *attacher assez de prix au don que je*

vous fais , pour n'en pas exiger d'au-
tres ! Que vous me rendez peu de justice ! Ce ne sont point les privations
qui m'effraient ; tant qu'elles ajoûte-
ront à votre bonheur , je souffrirai
tout ce qu'elles enlévent au mien; mais,
cruelle, voulez-vous commander aux
mouvements involontaires de l'ame ?
Voulez-vous enchaîner ce feu qui la
dévore , l'embrâse , & s'augmente
par les efforts qu'on fait pour l'éteindre ? Pour vous former un amant,
à votre choix , il faudroit donc anéantir l'amour ! Ce que je vous dis n'est
point la satyre de votre système ; je
le trouve barbare, injuste peut-être ;
cependant je le respecte : n'étant pas
le fruit du caprice, il est l'ouvrage de
la vertu ; &, toutes les fois qu'il ne s'a-
gira que de moi, vous êtes bien sûre du
sacrifice; ma vie est à vous. Eh ! quel
seroit mon triomphe , s'il étoit païé
de vos larmes ! Je ne veux point d'une
félicité qui vous arracheroit des sou-

pirs ; je ne veux point dérober à la foiblesse ce que la volonté me dispute, ce que le vœu du cœur ne m'accorde pas ; j'aime mieux souffrir toujours, oui toujours, que de mériter un reproche, par une témérité peu délicate, & des emportemens qui humilient, quand ils ne sont point partagés. Mais, en me réduisant à cette façon d'aimer, ne croïez pas que j'en sois plus paisible, moins inquiet, ou moins difficile : les besoins de l'ame se multiplient, à proportion de ce qu'on ôte aux sens ; l'amour ne veut rien perdre, il n'y a point de privation qui ne doive lui valoir une jouissance. Ce que vous m'ôtez d'un côté , vous me le rendrez de l'autre ; moins je suis exigeant sur les preuves, plus je le serai sur les sentimens, & vous devez m'aimer d'autant plus que vous me rendez moins heureux.

LETTRE LXV.

Du Chevalier, à Mad. de Senanges.

CIEL! qu'éprouvai-je ? quelle ardeur séditieuse s'allume dans mes veines, y coule avec mon sang ! D'où vient mes yeux sont-ils chargés d'un nuage qui leur dérobe tout , excepté vos charmes ? Je ne puis me les rappeller , sans un trouble enchanteur & cruel, à la fois ; ils tyrannisent ma pensée , ils sont toujours présens à mon cœur ; & , quand je m'arrache à vous, j'emporte avec moi leur image & mon supplice ; oui, mon supplice ! Mes jours, mes nuits, tous les instans de ma vie sont marqués par une agitation douloureuse , par les tourments d'un amour contraint , & qui renaît toujours plus vif , pour vous être toujours immolé. Les rêves même les plus doux , ne sont que des

lueurs rapides qui me replongent plus
avant dans l'infortune : une réalité barbare me fait expier. . . jusqu'à mes
songes ; & peut-être voudriez-vous
m'enlever encore jusqu'aux fantômes
de mon imagination. . . . Oh ! si vous
saviez ce que je souffre , de combien
de larmes secrettes , de soupirs brû-
lans il me faut païer le triomphe inhumain dont je meurs, & dont peut-
être vous vous applaudissez !. . . .
Qu'ai-je promis , ô Dieu ! quel horrible serment ! aurai-je la force de le tenir ? Quel complot avons-nous fait à
l'envi contre les droits de la nature
& de l'amour ! Envain je m'encourage
à remplir cet engagement odieux ; je
soupire, malgré moi , après l'instant
du parjure. Ah ! pardon !. . . je m'é-
gare ; je vous offense , je me déteste ;
mais, jugez vous-même de ma situation ; rappellez-vous notre derniere
entrevue. Vous m'aviez ordonné de
vous faire la lecture d'un Ouvrage

nouveau. Hélas ! une distraction bien pardonnable ramena mes yeux sur vous ; ils s'y arrêterent avec un attendrissement que je ne pus cacher , & le livre échappa de mes mains , sans qu'il me fût possible de le reprendre. Après quelques momens d'un silence.... qui disoit tout , j'allai tomber à vos pieds ; par un mouvement dont je ne fus pas maître , je pris une de vos mains , que je baignai de larmes : mon trouble augmenta , je vous serrai contre mon cœur , & il sembloit qu'il alloit s'ouvrir pour vous recevoir ; c'est alors que vos yeux , ces yeux si doux , s'armerent de sévérité. Vous m'enviez jusqu'à l'innocente expression d'un sentiment , dont vous souffrez l'hommage , & vous condamnez son excès , qui seul peut en ôter le crime. Ah ! cruelle , défendez-donc à mon cœur, de palpiter d'amour , en votre présence ; défendez donc à vos regards , d'y rallumer sans cesse cette flamme

que

que le respect y tient renfermée, &
qui s'irrite par l'obstacle.

Pourquoi tous vos mouvements
semblent-ils dirigés par les grâces, &
peignent-ils la volupté? Pourquoi votre haleine seule suffit-elle, pour enflammer l'amant qui vous approche?
Pourquoi cette bouche si fraîche, sem-
ble-t'elle appeller le baiser qui l'effarouche? Hélas! si vous voulez m'imposer toutes les privations, pourquoi
m'environner de tous les attraits....
Il faut donc que mon tourment nais-
se du sein des délices; il faut que
je me précautionne, en vous abor-
dant, contre les élans de l'ame, le
charme des yeux, & les écarts même
de la pensée! Vous n'allumez le desir, que pour en exiger le sacrifice:
tous ces effets de l'amour, qui deviennent sacrés par leur cause, toutes ces émotions du cœur, dont les
sens ne sont que les interprêtes; tous
ces tributs de la sensibilité, vous pa-

I. Partie.   S

roissent autant de crimes ; & , quand
je ne suis que le plus tendre des hommes , vous m'en croïez le plus coupable !... & voús m'aimez ! Non , vous
vous êtes trompée , sans doute.....
Reprenez , reprenez l'aveu qui vous a
tant coûté... que dis-je ? Ah ! gardez-
vous de me croire : plaignez le désordre où je suis , & laissez-moi votre
amour , dussé-je mourir de mes tourmens.

LETTRE LXVI.

De Mad. de Senanges , au Chevalier.

J'A I trop attendu... mais je le prends
enfin ce parti qui m'est plus affreux
que la mort. Je vais vous éviter.... il
le faut, je le sens... ah ! pourquoi ,
cruel, m'y avez-vous forcée? C'en est
fait, je renonce au bonheur, à la vie ,
à vous. Je ne passerai plus mes jours
à vous souhaiter , à vous attendre , à
vous voir. Mes yeux ne rencontreront
plus les vôtres ; & mon cœur, le cœur
vrai dont vous doutez , lorsqu'il
est tout entier à l'amour le plus tendre , ce cœur qui n'est rien pour
vous, si la honte n'en accompagne le
don , malheureux par vous & jamais
guéri, conservera toujours un souvenir cher & des regrets douloureux du
bien dont il se prive. Je me trompois
hélas ! je cherchois à me tromper. J'o-

sois compter assez & sur vous & sur
moi , pour me consoler d'un aveu ,
dont la délicatesse de vos sentimens
me voiloit le péril & le crime. Vaines chimeres d'un cœur qui s'abusoit !
Elles sont évanouies ; je vous fais souffrir , je ne puis soutenir cette idée ;
j'ai du courage sans doute , & si le
supplice de refuser ce que j'aime ne
tourmentoit que moi , je trouverois
des forces pour le supporter ; mais
votre peine m'est horrible : ce n'est
qu'en vous fuïant , qu'il me sera possible de n'y pas céder. Quels reproches vous m'avez faits la derniere fois
que nous nous sommes vûs ! Quelle
lettre vous m'avez écrite aujour-
d'hui ! Plaignez-moi , sans me haïr ,
sans m'accabler davantage. Je dois
lever le bandeau qui me sert trop
bien : voïez-moi telle que je suis ;
vous ne croirez plus alors que ma perte soit irréparable. Vous fûtes heureux avant de me connoître , & vous

le serez , hélas ! sans moi !... Il est
des femmes plus séduisantes ; aucune
ne vous aimera autant , mais , vous
accordant plus , elles vous conviendront mieux. Vous plairez , vous
aimerez , vous m'oublierez.... je le
veux ; oubliez-moi ; laissez - moi en
mourir & païer avec joie votre tranquillité de la perte de ma vie. Eh !
puis-je y être attachée ? elle va m'être
affreuse. Je m'arrache à l'objet dont
j'aurois voulu ne me séparer jamais. Je
n'ai plus rien à craindre , ni à regretter.

Gloire imaginaire ; détestable honneur ; préjugé que j'abhorre, vous me
privez de mon amant. C'est donc à
vous que j'immole aujourd'hui bien
plus que moi.... Non, jamais je ne
l'aurois pu , si je n'avois pas vu hier ,
que le sentiment le plus tendre , &
dont je vous donne des preuves si
vraies , faisoit bien plus votre tourment que votre félicité. Mes for-

ces m'abandonnent. Jamais je ne vous
ai tant aimé, & si je disois un mot de
plus, ce seroit peut-être. ... Ne nous
voyons plus. ... Adieu. ...

LETTRE LXVII.

Du Chevalier, à Mad. de Senanges.

QUEL affreux réveil ! qu'ai-je éprouvé en lisant votre lettre ! Un frémissement universel s'est emparé de moi, &, dans ce moment, j'eusse désiré mourir, si j'avois pu serrer votre main, lire mon pardon dans vos yeux, & emporter la satisfaction d'être encore aimé.... Vous, m'éviter ! ne me plus voir !... O Ciel ! vous le voulez.... Un coup de poignard m'eût été moins douloureux que cet arrêt... Le voilà donc ce bonheur que j'attendois de l'amour le plus tendre ! Il faut renoncer à tout... il faut vous fuir.... Je ne puis prononcer ce mot sans la plus profonde douleur. Je voudrois que vous puissiez entendre mes cris, & les sanglots d'un cœur que vous assassinez... Je tombe à vos

pieds. Ma généreuse , mon adorable
amie , s'il vous reste une étincelle d'a-
mour , que dis-je?... si la pitié vous
parle en ma faveur , pardonnez-moi ,
pardonnez des reproches que je déteste , dont je rougis , dont je suis
la victime.... Aimez-moi toujours ,
ne m'abandonnez jamais... Je vous
jure dans cet instant sacré , dans cet
instant de pleurs , de déchirement &
de désespoir , que je vais mettre mon
étude éternelle à vous faire oublier le
crime trop excusable , hélas ! de mon
ivresse & de vos charmes. Je vous
plairai par mes sacrifices : ils ne me
seront point pénibles , non , encore
une fois, ils ne me le seront pas , re-
cevez-en le serment. . . .

Ne m'accablez point , ne me livrez
point à moi-même. Si vous êtes in-
fléxible , je pars , je cours m'ensevelir...
je suis hors de moi , je ne me connois
plus... voulez-vous ma perte ? Da-
terai-je mon infortune du jour où je

me suis enivré d'amour pour vous ?
Hélas ! je suis assez puni , & vous-même , cruelle , vous-même, si vous pouviez me voir, vous croiriez que je le suis
trop. Ecrivez-moi, je vous en conjure ,
& permettez-moi d'aller sur le champ
me jetter à vos pieds , ou vous de-
viendrez coupable à votre tour. Je
vous croirai barbare , si vous n'êtes
pas sensible , dans le moment où je
mérite le plus que vous le soïez. Gardez-vous de m'interdire votre présence ; elle est ma vie. Ma faute m'éclaire ,
elle va épurer mon cœur.... il sera
délicat , désintéressé , il sera digne de
vous. Haïssez-moi , méprisez-moi , si
je trahis ma promesse. Vous que j'a-
dore, que j'idolâtre , ne craignez point
que je manque de courage. L'excès
du sentiment me soutiendra : il me
donnera la force de souffrir , ou plutôt il suffira pour mon bonheur.

J'attends votre réponse , elle va décider de mon sort , songez-y ; je trem-

ble... les minutes vont me paroître des siécles... adieu... seroit-ce pour jamais?.. Je n'en puis plus; je tombe d'accablement, &, à force de pleurer, je ne vois plus ce que j'écris.

BILLET

De Mad. de Senanges, au Chevalier.

HÉLAS ! non , je ne suis point
barbare. Votre douleur , votre lettre,
vos promesses , je céde à tout cela , je
vous verrai.... ah ! puis-je vous affliger ? Songez à vos sermens , mon
cœur les reçoit , il ose y compter.
Mon état ne différe pas du vôtre...
Je vous aime plus que ma vie , je vous
verrai aujourd'hui , je vous verrai ,
j'y consens... ah , Dieu !.... résister
à vos larmes ! je ne le puis.....

BILLET

De Mad. de Senanges, au Chevalier.

Aʜ! plaignez-moi, ne suis-je pas obligée d'aller passer quelques jours au Château de * * *, chez Madame de * * * ma parente? Je vais la voir tous les ans dans les premiers jours de Septembre, & c'est un devoir, dont je ne puis me dispenser. N'allez pas m'en vouloir, je vous quitte hélas!.. vous n'êtes que trop vengé.

LETTRE LXVIII.

De Mad. de Senanges, au Chevalier.

QUAND je suis arrivée ici, on
étoit à la promenade. J'ai passé deux
heures à relire vos lettres, à songer
à vous, & j'attendois sans impatience
le retour de plusieurs personnes qui
sont, comme moi, habitantes de ces
lieux.

Qu'elles sont heureuses, toutes les
femmes avec lesquelles je suis ! je les
crois indifférentes ; rien ne trouble
leur repos, leurs jours sont sereins,
leurs nuits tranquilles, elles jouissent
de tout ; & moi, dans l'ombre des forêts, comme au milieu du tumulte de
Paris, je suis toujours la même. Le
calme de la campagne n'en apporte
point à mon cœur. Il n'est qu'un plaisir, qu'un bien, qu'un bonheur pour
moi ; mes yeux même n'apperçoivent
plus le reste.

J'étois hier dans un bosquet où
la lumiere pénétre à peine , inaccessible à tout , excepté à l'amour.
Votre image l'embellissoit , votre absence m'y faisoit soupirer , & malgré
ce que j'y désirois , j'aimois à y être.
Le silence de ce lieu , son obscurité ,
un ruisseau dont le murmure invite
à la rêverie; tout s'y rassemble , pour
charmer les indifférens & enivrer ceux
qui ne le sont plus. J'y restois , je ne
pouvois le quitter , & j'y serois encore , si l'on n'étoit venu m'en arracher ; mais tout cela n'est rien , sans
ce qu'on aime ? Quand les autres ad-
mirent, moi je regrette. La nature feroit un effort pour moi , elle deviendroit plus belle , & plus riche , elle
étonneroit davantage l'univers , qu'elle
ne m'offriroit que mon amant.

BILLET

Du Chevalier , à Mad. de Senanges.

ENFIN vous voilà de retour ! je renais.... l'air qui m'environne m'est moins nécessaire que votre présence ; me tiendrez-vous parole ? Exécuterons-nous le charmant projet que nous avions formé avant votre départ ? Que j'ai de choses à vous dire ! j'ai reçu des lettres de Mad. d'Ercy , je vous les montrerai... Elle a déja chassé le Marquis , & ne démandoit pas mieux que de me rappeller ; vous jugez comment cette fantaisie prendra sur moi ; elle est déchaînée contre vous , elle s'exhale en menaces , & jure de vous poursuivre jusqu'à son dernier soupir. Le caractere de cette femme m'épouvante ; mais n'en redoutez rien. Je veillerai sur ses démarches ,

& je saurai bien vous mettre à l'abri
de ses noirceurs , je ne voulois pas y
croire. Le Marquis part avec le Maréchal de * * * son oncle , nous allons
en être débarrassés ; quels êtres ! ou-
blions-les pour ne nous occuper que de
notre amour ; songez à ce que vous
avez promis ; je vais donc vous revoir !

LETTRE LXIX.

LETTRE LXIX.

De Mad. de Senanges, au Chevalier.

Eh bien ! venez, mon cher Chevalier, venez souper ce soir avec moi :
nous serons seuls ; vous l'avez souhaité, j'y ai réfléchi, & j'y consens.
Je trouve, au fond de mon cœur,
tout ce qui peut m'assurer du vôtre, &,
dans le sacrifice d'une vaine chimere
de bienséance, le plus doux des plaisirs.
Mon amour est pur, le vôtre n'est pas
moins honnête ; ma conscience est
tranquille : elle s'endort dans le sein
de la probité. Je suis sous la sauvegarde de mon amant ; l'ombre du
doute seroit injurieuse à tous deux ;
&, si jamais je dois craindre l'un de
nous, il est impossible que ce soit lui.
Tout nous sert, le Ciel même nous
favorise ; je ne l'ai jamais vû si serein,

I. Partie.   T

pas un nuage qui l'obscurcisse ; depuis
que vous m'aimez , la nature est plus
riante : on se plaint aujourd'hui de la
chaleur ; eh bien ! l'abattement où
elle me jette a du charme pour moi ;
& puis , j'ai une idée , un projet qui
m'enchante. Nous souperons dans le
joli bosquet qui est sous mes fenêtres ;
nous aürons le plus beau clair de lune
du monde ; sa lumiere est faite pour
l'amour. Point de riches tapis , point
de lambris dorés ; des gazons bien
frais , des palissades de chevrefeuil-
les & de jasmins , des arbres bien
verds, voilà le lieu où vous serez attendu. Nous n'y regretterons point
l'art ; nous y appartiendrons plus au
sentiment , & nous jouirons à la
ville , de la simplicité des campagnes. Le silence de la nuit, celui des
oiseaux qui reposent alors , pour
s'aimer mieux le lendemain ; tout
ce que les indifférens n'apperçoivent po.nt , sera senti : nous se-

rons ensemble. Non , il n'est de volupté vraie que celle qui est pure ; l'a-
me ouverte au remord est fermée au
bonheur. Nous nous aimerions moins,
si nous avions quelque chose à nous
reprocher. Combien j'aime à me dire !
je lui confie le soin de ma gloire ; elle
lui est aussi chere qu'à moi-même : son
cœur est mon bien , son estime est
ma vie ; il le sait , & ne peut l'oublier.
Il ne ressemble point aux autres hommes ; je l'aime , il est heureux : ma
confiance est fondée. Celui qui mérite
un sentiment , n'exige point de preuves ; l'aveu du mien n'est pas un tort,
mon amant est vertueux.

Mais comment ai-je pu combattre
un penchant , dont vous étiez l'objet?
Il m'affligeoit , je vous ai craint ; que
j'étois injuste & malheureuse !

Adieu ; je sors pour affaires , je
rentrerai , pour vous recevoir. Mon
cœur est pénétré d'une joie bien douce ; nulle allarme ne s'y mêle. J'au-

rai bien de la peine à ne pas dire votre nom à mes Juges. Vous m'avez
donné l'être ; un néant affreux m'environnoit; j'existe enfin , je vis pour
vous.

LETTRE LXX

Du Chevalier, au Baron.

Qu'AI-JE fait, malheureux ? j'ai
trahi la confiance, l'amour, je dirois
presque la probité, s'il étoit possible
que l'être qui la respecte en vous l'eût
tout-à-fait perdue. Non, mes remords
n'ont point assez expié ma faute. Je
me condamne à rougir devant vous.
La honte est le supplice, & le besoin du coupable qui appartient encore à la vertu : je me dégrade à
vos yeux, pour me réhabiliter aux
miens.

J'étois heureux, j'avois l'espoir de
l'être davantage ; j'ai tout détruit. Par
où commencer un récit affligeant pour
votre ame, flétrissant pour la mienne?.. Ah! cette foiblesse est un tort
plus. . . .

Vous le savez, je m'applaudissois

des impressions que je faisois par dégrés sur le cœur de Madame de Senanges ; chaque jour développoit un
sentiment en elle, & voïoit éclore un
plaisir pour moi. Je crus que je ne
pourrois survivre à l'aveu de sa tendresse. La rigueur des devoirs qu'elle
m'imposoit étoit adoucie par le charme de lui obéir ; les retours sur moi-
même étoient plutôt des recueille-
ments de l'amour, que des desirs d'en
augmenter les droits. Je luttois contre des sens actifs, un physique tout
de feu, par le secours d'une ame plus
ardente encore, & je me nourrissois
de cet orgueil délicat qui fait jouir de
ce qu'il sacrifie.

Madame de Senanges alla passer
quelques jours à la campagne. Je l'a-
vois suppliée, avant son départ, de
me donner à souper tête à tête avec
elle, le soir même de son retour ; [c'é-
toit hier :] elle me l'accorda par un
excès de confiance qui la peint, qui

m'accuse, & me rend plus criminel.
Jamais malheur ne fut précédé par des
apparences si riantes , hélas ! & si
trompeuses. Tout étoit préparé sous
le berceau le plus solitaire du jardin :
un seul domestique devoit nous y
servir. La lune qui perçoit à travers
les charmilles , sembloit se plaire à
éclairer de ses raïons mystérieux le
bonheur de deux amants. Un vent
frais agitoit à peine les bougies ; mais
nous envoïoit tous les parfums , dont
l'air étoit embaumé. Les étoiles bril-
loient du feu le plus doux. Je voïois
la nature plus intéressante, je la voïois
à côté de Madame de Senanges , &
tout ce qu'elle embellissoit, me sembloit être son ouvrage. Avec quel
attendrissement je contemplois cette
femme céleste, à qui j'étois redevable
d'une existence dont je n'avois pas
encore d'idée. Vous peindrai-je sa
gaîté douce & spirituelle à la fois ?
Elle se livroit à son amant , avec la

sécurité de l'innocence , l'estimoit assez pour n'en rien craindre , & croïoit
trouver sa sûreté dans la naïveté même
de son abandon. Je ne sais quelles délices ignorées jusqu'alors , couloient
au fond de mon ame, & la pénétroient
d'une joie inexprimable & profondé-
ment sentie.

Après le souper , nous nous perdî-
mes dans le petit bois , & , quoique je
fusse embrâsé de tous les feux du desir , je n'eus pas à me reprocher la ten-
tation d'une témérité ; je n'imaginois
pas que mon bonheur pût aller plus
loin... j'étois à côté d'elle ; j'étois seul
avec elle ; j'étois aimé. L'excès de ma
félicité sembloit m'interdire une espérance qui , en me promettant des
plaisirs plus vifs peut-être , m'en auroit ôté de plus délicats. Un enthou-
siasme secret m'élevoit au-dessus de
moi-même; il est des momens où l'a-
mour a quelque chose de sublime.

L'heure où elle se couche , cette

heure fatale vint à sonner , & je crus
soudain qu'un rideau se tiroit sur
toute la nature. J'obtins cependant
que nous ferions encore un tour de
promenade , avant de nous séparer.
Un seul moment qu'elle m'accorda
fut la cause de mon crime. Je ne re-
marquai qu'alors une des portes du
jardin , par laquelle on peut sortir de
chez elle ; je me souvins qu'une fois ,
en plaisantant , j'avois essaïé de l'ouvrir avec une de mes clefs , & que j'y
avois réussi ; ce souvenir me fit naître
l'idée bien innocente dans son principe , mais affreuse dans ses effets , de
rester jusqu'au jour & de respirer ,
au moins , le même air que Madame de Senanges. Je la reconduisis & la quittai avec moins de regret , dans l'espérance de veiller près
d'elle.

Alors je feignis de me retirer , & ,
sans que ses gens m'apperçussent , je
me glissai dans le jardin , où je me fé-

licitois d'une supercherie que justi-
fioit à mes yeux la pureté de mes intentions. J'atteste ici l'honneur , j'en
jure par Madame de Senanges elle-
même ; j étois aussi loin de former un
projet qui pût l'offenser , que de renoncer à mon amour pour elle. Je me
livrois aux charmes qui naissoient de
ma situation ; j'ouvrois mon ame à
une foule de sensations inconnues aux
amans ordinaires ; mon imagination
se remplissoit d'une féerie voluptueuse ; tous les rêves du bonheur venoient
enivrer mes sens & aliéner mes esprits..
je n'habitois plus la terre. Le silence
de la nuit , son calme attendrissant ,
la clarté sombre des Cieux me parta-
geoient entre l'extâse & le délire ; je
me croïois dans un sanctuaire , dont
Mad. de Senanges étoit la divinité.

Les fenêtres de sa chambre étoient
restées entr'ouvertes , à cause de l'ex-
cessive chaleur ; on n'avoit baissé que
les jalousies. Je m'en approchai en

tremblant : je retenois mon haleïne ;
mon cœur palpitoit , des larmes
brûlantes couloient de mes yeux ;
& , sans m'appercevoir du desir ,
j'étois comme accablé par l'excès
de mon amour. Revenu de ces dé-
faillances , de ces langueurs passion-
nées , j'allois chercher les vases de
fleurs qui ornent le Parterre , & je les
plaçois sous la croisée , afin que leurs
parfums pûssent arriver plus vîte jusqu'à ma belle maîtresse.

Enfin , le jour se léve , & m'avertit
de m'éloigner. Je ne sais quel démon
ennemi de mon bonheur me suggéra
le désir coupable de la voir , de l'admirer pendant son repos. Les fenêtres
de sa chambre sont fort basses & presqu'au niveau du jardin ; voici l'instant
du forfait , de la honte & du repentir.

Un frémissement s'empare de moi ;
je m'arrache de ce lieu, j'y suis rame-
né ; je le quitte encore , j'y reviens tou-

jours D'une main à la fois audacieuse
& timide , je léve les jalousies ; je fran-
chis ce foible obstacle , & me voilà
dans l'asyle que j'aurois dû respecter !
Quel tableau ! Madame de Senanges
endormie ! c'est la peindre que la nommer. Jamais rien de si enchanteur ne
s'offrit à mes regards ; ses paupieres
formoient un double voile , qui , en
cachant l'éclat de ses yeux , n'empêchoit pas qu'on n'en devinât la beauté.
Ses deux lévres entr'ouvertes sembloient deux roses humides des pleurs
de l'aurore ; une gaze légere laissoit
appercevoir l'albâtre de son sein. . . .
Que dis-je ? son attitude , quoiqu'abandonnée , étoit encore décente ; la pudeur ne peut la quitter , même pendant le désordre du sommeil. J'étois
immobile , d'admiration & de plaisir ;
je n'entrevoïois pas même la possibi-
lité d'attenter à ses charmes. C'étoit
mon ame qui jouissoit ; mes sens
étoient enchaînés par le respect , & je

m'étois prosterné devant cet ange,
dont je n'osois approcher.

Acheverai je, ô Ciel! ai-je pu survivre a cet oubli de moi-même cher
Baron, tandis que je m'enivrois à
genoux, d'une vue aussi ravissante,
Mad. de Senanges me parut agitée
d'un rêve qui lui arrachoit par intervalles quelques mots confus & inar-
ticulés. Parmi ces paroles peu distinctes je lui entends prononcer mon
nom. Je ne peux vous exprimer ce
que je sentis dans ce moment : mes
yeux ne voyoient plus, un nuage
m'environnoit; il sembloit que mon
cœur se détachît de moi, pour s'é-
lancer vers elle, je crus qu'elle m'avoit
appellé; je crus que ses bras s'éten-
doient pour me chercher; je m'y
précipite, mes levres ardentes se col-
lent sur les siennes, je couvre son
sein de baisers, & mes caresses ne
connaissent plus de frein.... Elle s'é-
veille avec des cris affreux & un ef-

froi.... que je méritois d'inspirer....

Combien la vertu eſt imposante !
que son indignation eſt terrible ! Mad.
de Senanges me reconnoît , me fou-
droye d'un regard , & m'anéantit avec
ce seul mot : *lâche , & c'est ainſi que*
tu aimes ! Mes yeux se noyent de
larmes , je veux répondre , & ne le
puis , ma voix se perd dans les sanglots , je sors avec la confuſion , le
trouble , le déchirement & les remords d'un vil scélérat qui vient de
profaner un temple & de commettre
un sacrilége.

Heureusement aucun des gens n'é-
toit encore levé. Me soutenant à peine, je descends dans le jardin, dans
ce jardin ſi beau il n'y a qu'un inſtant,
& qui me parut affreux alors : je gagne la porte , je l'ouvre & m'échappe.
Rentré chez moi , je m'évanouis :
le fidéle Dumont me donne envain
du secours , je reste sans connoissance pendant près de deux heures ,

& je ne la reprends que pour vous
faire ce récit, qui contient ma defti-
née. Je ne vous demande point de
conseils; il n'en est plus pour moi.
Accablez-moi de reproches ; je les
mérite. J'ai tout perdu, je suis le plus
coupable des hommes ; mon ami per-
drai-je aussi votre estime ?

Fin de la premiere Partie.

Made at Dunstable, United Kingdom
2023-03-02
http://www.print-info.eu/

19013657R00188